승려시집

-승려시인회 11집-

승려시집

-승려시인회 11집-

오심스님 외 지음

승려시인회 11집을 내며

부처님께서는 팔만장경을 설하시고도 '단 한마디도 설한바 없다'하
셨다.

참으로 지당하신 말씀이 아닐 수 없다.

부처님의 가르침을 따르는 승려들이 '글 아닌 글을 적고 말 아닌
말을 모아' 2516¹⁹⁷²년 '승려시인회' 창립을 시작으로 11번째 〈승려시
집〉을 낸다.

비바시불 이래 말과 글이 아닌 一言一句의 팔만장경은 화두로 응
결되고, 응결되었던 화두는 또다시 팔만장경으로 설해져 고해苦海를
건너는 배가 된다. 이 같은 전통은 가섭의 염화미소로부터 방棒과 할
喝이 되어 밀밀상전密密相傳하고, 아난의 암송은 깨달음의 노래를 더
해가며 팔만장경으로 기록되어 미륵불의 하생을 기다린다.

인간이 말과 글보다 더 나은 소통의 도구나 방식을 찾아내기 전까
지는 이와 같은 노력이 반복 될 것은 자명한 이치다. 중생의 근기에
응應하여 현신하는 대승보살의 대기설법은 때로는 사량분별을 가두
는 은산철벽 화두가 되고, 때로는 저잣거리의 각설이타령이 되어 일
체중생이 일심一心의 해탈로 나아가는 반야의 뗏목이 된다.

인연들과의 만남과 만남에서 주고받았던 '말 아닌 말과 글 아닌 글
들'이 도반들에게는 탁마의 채찍이 되었고, 고단한 사바를 위안하는
노래가 되어 〈승려시집〉이라는 기록으로 묶어진다. 깨달음의 분상

에서는 일체가 교외별전이요, 팔만사천의 방편이다. 그래서 〈승려시집〉 역시 중생의 근기에 따라 교외별전의 전승이요, 팔만장경에 보태는 한권의 경전으로서 부처님의 가르침을 풍요롭게 장엄하리라 확신한다.

집착이 없으니 무소유요, 탐욕에서 벗어났으니 해탈이다. 부처님께서 그러하셨듯이 무소유와 해탈의 삶에서도 걸어왔던 자취는 남겨야 한다. 일곱 분의 부처님이 그러하셨고, 미진수의 선지식이 그러했듯이 앞서간 사람들의 한걸음 한걸음이 뒤에 오는 후학들의 나침반이 되기 때문이다. 11집에 함께하는 스물 네 분의 스님들은 각자의 나름으로 자신이 있는 곳에서 처한 상황에서 부처님을 향해가고 있으니 〈시집〉은 수행의 기록으로서 또 다른 의미가 있다.

모쪼록 시집을 통해 만나는 모든 독자들의 행복을 빌고 해탈을 염원한다. 아울러 파도와 바닷물로 비유되며, '일체중생은 나와 같지도 않지만 그렇다고 다르지도 않다'는 일심불이一心不二의 가르침이 온 누리에 퍼져 유일唯一의 일방주의에 함몰되어 불성佛性을 잃어버린 오늘날 인류미래의 길잡이가 되었으면 한다.

2568년 갑진 여름, 남산 보타사에서

승려시인회 회장 진관합장

차례

성우

대우

청화

법산

남룬

능인

도명

도해

로담

명안

범 상

법 매

선묘

오심

월강

일선

자흥

지우

지원

진관

탄탄

해성

현중

혜륜

성우

1 차 한 잔

한 잔의 차는 사람의 마음을 따뜻하게 하고
한 잔의 차는 사람의 마음을 맑게 한다.
한 잔의 차 속에 무량한 역사가 있고,
한 잔의 차 속에 아름다운 향기가 있다.

2 죽로차

모란 숯불
茶를 달인다

茶爐 연기따라
먼 산이 더 멀리 뵈는 날

별을 잠재운 하늘은
더욱 푸르다
茶香으로
밝은 山窓
푸른 하늘 더욱 푸르게
나도 잠들고 싶다.

3 마음 1

그 마음 찾으면 천하를 다 얻는다
그 마음 잃으면 이 세상 다 잃는다
얻고 잃는 마음 밖에 자성불이 웃는다.

4 마음 2

천 년이 지난대도 고쳐보면 지금이요
억 겁이 흘러가도 다시 보면 이제로다
지금의 이 마음자리 놓을 곳이 어딘가.

5 마음 3

과거는 저기만큼 이미 흘러갔는데
미래는 여기까지 아직 오지 않았네
오로지 현재의 마음 그 마음을 찾으렴

석성우

1963 세종고등학교 (경남 밀양) 졸업
1967 범어사 불교전문강원 수료
1968 해인사 해인총림 율원 수료

【경력】
1963 파계사에서 출가
1970 [시조문학]에 시조시인 등단
1971 중앙일보 신춘문예 시조당선
1979 중앙승가학원(현 중앙승가대학교) 설립 초대 원장
1981 대만 홍법원에서 수행 및 포교(1983)
1984 홍콩 홍법원 원장 역임(1994)
1994 대한불교조계종 제11 · 12대 중앙종회 의원
1995 (현) 대한불교 조계종 파계사 주지
2000 (현) 불교TV 대표이사 회장

대우

1 눈물로 그리려다

빈 가슴 파고드는 외로움
마음에 젖어드는 그리움
어느 누구하고 울어줄건가

고운정 그리움에 타는 가슴
그리운 기다림에 우는 마음
어느 누구하고 함께할건가

아무에게도 말할 수 없는 아픔
누구에게도 보일 수 없는 눈물
어느 누구하고 달래어줄건가

눈물로 그리려다
못 다 그린 꿈이 있다면
그것도 우리들의 행복입니다

숨어서 익어가는
수줍은 그리움이 있다면
그것도 우리들의 사랑입니다

2 합장

어두운 세상살이
눈 뜨고는 서러워도

살며시 눈을 감고
손 모아 합장하면
달이 되고 해가 되어
비추시는 임이 있어라

숨 막힌 인생살이
죽어도 눈 못 감아도

살며시 눈을 감고
손 모아 합장하면
손이 되고 눈이 되어
함께하는 임이 있어라

합장은 내 생명의 과거요
현재며 미래입니다

합장은 감사와 존경에 인사입니다

합장은 내 생명의 회고요
참회며 희망입니다
합장은 평화와 화합에 기도입니다

3 온 세상 은혜요 감사요 사랑이여요

모두가 고맙고 감사한 인연들이여
온 세상 은혜요 감사요 사랑이여요

내가 우주요 우주가 나여라
나와 우주는 생멸 없는 생명체요

하늘 땅 한 뿌리 한 울안에
인류는 한 가족 세계가 한 집안

세상은 마음 그림자
사는 건 인연놀이요

나와 남 내 가족 이웃이 나요
나 있음은 그대가 있음이요

눈물 나도록 고맙고 감사한 인연들이여
온 세상은 은혜요 사랑이여요

4 부처님 −노랫말−

인류의 스승이신 부처님
이 생명 다하는 날까지
참회의 눈물로 님을 불러봅니다

부처님 부처님 부처님
잃어버린 사람의 소리 깨어나
함께 웃는 웃음꽃 세상이게 하소서

어둠에 눈먼 세상
님의 눈빛미소 우리들 가슴에
등불로 타게하소서

숨막힌 인생살이
인과와 인연법에 눈 떠
숨쉬게 하소서

〈후렴〉
온 세상 부처임을 선언한 부처님

마음을 등불 삼으라하신 부처님
부처님 부처님 부처님 감사합니다

5 이런 사람

구름을 헤치고 나온 달처럼
연잎에 구르는 물방을 같이

흰구름 푸른 산을 벗을 삼고
흐르는 물 베게 삼아 쉬며

욕망의 숲을 나와
고뇌의 강을 건너

영혼의 새벽강가
깨어나 쉬는 사람

그물에 걸리지 않는 바람처럼
진흙에 물들지 않는 연꽃같이

생명꽃 웃음을 보는 사람
침묵의 웃음을 보는 사람

나는 눈을 감는다
나 자신으로 돌아가 남고 싶어

6 동학농민혁명

―사람, 다시 하늘 되어―

사람 다시 하늘 되어
죽어서도 살아있는 임들이시여
부르다 못다 부를 임들을
눈물로 불러 봅니다

들풀처럼 살다가도
불멸의 꽃이 되신 임들이시여
돌처럼 살다가도
불멸의 탑이 되신 임들이시여
죄 없이 태운 눈물
불멸의 등불 되신 임들이시여

녹두꽃 피울음 녹두꽃 피울음
죽어서도 살아있는 임들이시여

욕망에 눈이 멀고 거짓에 미친 세상
세상은 정신병동

신음하며 죽어가고 있다
죽음의 냄새가 난다
깨어나 숨 쉬게 하여야 한다

눈 뜨고는 말 할 수도 없어도
사람 사는 세상 나라다운 나라
정직 · 겸손 · 공정 · 정의로운 사회
국민이 주인이 되는 나라여야 한다

빛은 어둠을 이긴다
어떤 권력도 민심의 위일 수는 없다
더는 자신을 속이고
더는 국민들의 눈과 귀를
속여서는 안 된다
더는 양심을 훔쳐서는 안 된다

더는 이 땅에 사는 것이
부끄럽지 않아야 한다
더는 이 땅에 사는 것이
죄가 되어서는 안 된다

어둠은 눈을 감게 한다
새벽은 깨어 있는 사람의 것
잃어버린 인간의 소리
사람의 소리 깨어나 함께 웃고
함께 희망을 노래하여야 한다

시대와 역사의 등불이시고
인류와 세계사에 거울이시며
자각의 빛이신 임들이시여
자유 · 평등 · 정의의 깃발
– 사람, 다시 하늘 되어 –
– 사람, 다시 하늘 되어 –

7 5월의 잔치

5월의 하늘 빛 향기는
아이들의 해맑은 웃음이여요

5월의 하늘땅 눈푸른 잔치는
웃음꽃 사랑이여요

5월에 나는
잃어버린 바람을 만나고
잃어버린 고향을 찾는다

5월에 나는
잃어버린 꿈에서 깨어나고
잃어버린 사랑에 웁니다

5월에 나는
잃어버린 눈물을 만나고
잃어버린 사람을 찾는다

5월에 나는
잃어버린 숨소리 만나고
잃어버린 웃음을 찾는다

8 어머니

어머니는 생명의 나라
어머니는 평화의 고향
어머니는 사랑의 주소

눈물에 한숨으로
타버린 가슴 쥐고서
꿈속에서도 눈물 줍는 어머니

그 세월 그 세월
얼마이셨든가요

크신 은혜 깊은 사랑
생각하면 생각할수록
눈물만 더해지네요

자식들 못 잊으셔서
눈 못 감으신 그 사랑
이 목숨 다 한 뒤에나

다 할는지요

이 아들의 죄업
저승간들 어머님을
어떻게 어떻게 뵈올까요

어머니 어머니 어머니

9 거울 앞에서

어두운 세상살이 타다가 남은 가슴
얼마나 울어야만 마음이 희어지고
얼마나 아파야만 가슴이 열리며
얼마나 사무쳐야 하늘이 열릴까

숨 막힌 인생살이 눈뜨고는 서러워
얼마나 미워해야 사랑이 싹트고
얼마나 속아야만 행복이 보이며
얼마나 쉬어야만 평화가 춤출까

아직도 마르지 않는 남은 눈물
얼마나 태워야만 강 되어 멈추고
얼마나 그리워야 산 되어 흐르며
얼마나 눈 감아야만 자신이 보일까

10 함께 하고만 싶은 사람

말이 없어도
보고만 싶고 주고만 싶고
함께 하고만 싶은 사람

아침햇살 저녁노을
별빛 꿈 달빛기도
함께 노래할 사람

달려가 뒹굴며 놀다가도
눈물 콧물 닦아주며
함께 웃고 놀아 줄 사람

아무에게도 말할 수 없는 아픔
누구에게도 보일 수 없는 눈물
함께 어루만져 줄 사람

고운 정 그리움에 타는 가슴
그리운 기다림에 우는 마음
함께 울어 줄 사람

대우大愚스님

· 생명사랑평화의 길 행복의 길 우주의 주인 여행 중
· 1959년 출가 입산
· 대한불교조계종 총무원 교무부장, 포교부장, 총무부장
  조계종 정화개혁 포교원장, 불교방송국 상무, 경찰청 경승실장
  종회 의원, 승가대학 이사
· 선운사 본사 내소사·은적사·실상사 주지 역임
· 제29·32대·33대·34대 조계종 총무원장 입후보
· 군종담당관, 향승위원장, 경승단장, 시정자문위원, 방송자문 위원
  청소년선도위원, 교정교화위원장, 법사, 불보신문 주필 국가 유공자
  한국시학회회원, 작사가, 한국시조문인협회 본회 명예회장
  한국불교청소년문화진흥원 이사장

저서

「길을 묻는 이에게」, 「생사」, 「어둠을 비질하며」
「인연 있는 이들에게」, 「반야심경」, 「한 생각 쉬면」
「인과因果」, 「그대 그리운 날」, 「잃어버린 나를 찾아서」 외 다수

수상

서울신문사, KBS한국방송공사, 법무부 제정 제7회 교정대상 수상
대통령상 수상, 시조문학 작가상 수상, 찬불가 가사 대상 수상
대한문학 연암문학상, 문화체육관광부 장관상수상, 대한민국환경
봉사상 수상, 일봉문학상 대상 수상, 샘터문학상 대상 수상

주소 56199 전북 정읍시 내장산로 1253(590번지)
　　　　내장사 복전의 기도 도량 우주원에서
H·P 063) 538-8741, 010-2625-3307

청화

1 바다였으면

바다였으면
한 마리 미꾸라지에도
금방 흐려지는
작은 웅덩이는 괴로우니

괜찮다고 괜찮다고
어떤 물이나 다 받아주는
그 넓이와 깊이가 있는
내 마음 바다였으면

언제나 언제나
맑은 물 탁한 물을 가리지 않는 바다
세상의 온갖 썩은 물도
괜찮다고 괜찮다고 끌어안는 바다

그리하여 염불하듯 웅얼거리어
한 물빛 한 물맛이 되게 하는
그 크고 가없는 가슴을 가진
아― 내 마음 바다였으면, 바다였으면.

2 변방에 우는 뻐꾹새
– 어느 무명 가수의 애환을 듣고

城도 山도 다 넘을
두 날개는 있지만

장안의 하늘을 한 번
날아 보지 못하고

이 몸은 변방에 우는
변방에 우는 뻐꾹새

그 무슨 구름들이
앞을 막고 있는 건가

청춘도 저무는 해
노을빛이 오는데

어이해 날아도 날아도
나는 마냥 변방인가

언제쯤 오려는가
천둥 치며 오려는가

별빛 같은 꽃을 물고
장안의 하늘을 나는 그날

오늘도 변방에 우는
뻐꾹새가 기다린 그날.

3 검찰의 저울

하늘도 알고
땅도 안다
요즘 검찰의 저울은
고장이 났다는 것을

솜을 달면
돌 같이 올라가고
돌을 달면
솜 같이 내려가는 저울대

이런 저울임을
이미 낮의 새도 다 알고
밤의 쥐도 다 아는데
오직 검찰만 모르고 있다.

정의가 실종되도록
고장이 난 저울
저놈의 저놈의 고장이 난
요즘 검찰의 저울.

4 봄날

봄날은 봄날은
얼마나 좋아야
꽃이 피는 것이느뇨

복숭아나무
살구나무 벗나무
꽃판을 벌인 이 봄날

도대체 무슨 일
무슨 기쁨이 있어야
와 와 저렇게
꽃피는 것이느뇨

다 한 때라는 봄날
나에게는 아롱아롱
아지랑이뿐인데.

5 죽음

죽음도 저쯤이면
그 무슨 놀이만 같네

눈물 없는 울음을 울어
일대사를 마친 도인들

갈 때는 별것 아니라고
앉아 죽고 서서 죽고

그뿐이 아니라네
도인 중 별난 도인은

마지막도 유별나게
몇 걸음 걷다가 죽고

두 다리 하늘로 뻗어
물구나무서서 죽고

죽음을 그 마치
한 개 작은 구슬처럼

손에 쥐고 마음대로
주물럭대는 도인들

그 앞에 선뜻 내놓고
자랑할 물건이 없네.

청화青和 스님

1962	출가
1977	불교신문 신춘문예 <미소> 당선
1978	한국일보 신춘문예 <채석장 풍경> 당선
1986	정토구현전국승가회의장
1986	민주헌법쟁취국민운동본부 공동의장
1992	실천불교전국승가회의장
1996	청평사 주지
1998	조계종 중앙종회 수석부의장
2004	대한불교조계종 교육원장
2006	참여연대 공동대표
2010	전국민족민주유가족협의회 후원회장
2019	제1회 불교문예문학상 수상
2019	법성사 회주

산문집 『돌을 꽃이라 부른다면』, 1988
　　　　『향기를 따라가면 꽃을 만나고』, 2009
시집　　『무엇을 위해 살 것인가』, 2009
　　　　『물이 없는 얼굴』, 2015
　　　　『사람입니까』, 2019
　　　　『사람의 향기』, 2019
　　　　『세상이 왜 이 모양이냐』, 2021
　　　　『나를 찾는 소리』, 2023

법 산

1 희 망

눈을 살푸시 뜨고
가만히 自性을 살펴보라
어렴풋이 보이더라도
멈추지 말고

숨을 기~~ㄹ게 쉬며
조용히 맑은 시냇물을 떠올려 보라
들리는 듯 하더라도
멈추지 말고

2 마음 달

한가위 밝은 달 보고
보름달인 줄 알거든
내 마음에 지워지지 않는
언제나 밝은 달처럼
고요한 마음으로
세상사 지켜보시라.

보름달 맞아 지그시 미소 지으며

3 누구를 탓하리요

가을바람 불어오니 푸른 산 붉어지고
창공에 떠가는 구름 더욱 희구려
풀섶에 깃든 생명 겨울 채비 바쁜데
철 안든 인간은 철모르고 싸우나

가을바람 스쳐가며 낱낱마다 소식주고
하늘에 밝은 달도 마음 창에 일러주며
시시각각 방하착하라 정녕히 타일러도
탐착심에 사로잡혀 남 탓만 하고 있나.

가을 하늘 보고 미소 지으며.

4 여기

보이는가
들리는가
청정한 본연자성
바로 여기

한마음 뒤친
그 자리
반야의 만다라 꽃 만발한
지금 여기.

5 망국의 탈을 벗어라

싸우지 마라
싸우면 자멸하리라.

미워하지 마라
미워할수록 증오의 화염은 더욱 치성하리라.

분노하지 마라
불안 초조의 핵폭탄 바로 그 마음에 있느니라.

6 팔월이 간다

무더운 더위는 스스로 물러나느니라.
서둘지 마라
청산도 붉게 물들 것이다

부지런히 봉사하는 선행을 베풀어라
행복은 그 속에서 찾아 질 것이다.
고요히 명상으로 마음을 비워보라

자유는 바로 그 자리에서 자연히 찾아 질 것이다.

무엇을 걱정하고
누구와 싸울 것인가
아름다운 꽃은 투쟁이 없고
사랑과 용서만이 행복을 주리라.

구월의 언덕에 올라 반야를 노래하라
국화의 향기가 세상을 밝히리라.

이천이십 삼년 팔월의 마지막 밤에

7 복숭아 향기처럼

팔월 과일의 여왕 복숭아 복스러운 미소
백도 황도가 탐스럽게 시선을 당기고
매혹적인 달콤한 향기가 취각을 유혹하네.

혹한의 마른 가지 인고의 내공 다지고
따스한 봄빛 맞아 내민 아름다운 복사꽃
오뉴월 땡볕에 고이고이 다듬었나?

곱고 고운 양 볼에 잔잔한 작은 미소
스며나는 달콤한 향기 천사의 선물인가
가만히 머금어 보니 신선의 자태로세.

법산 스님

동국대학교 인도철학과 졸업
중국 문화대학에서 [보조선의 연구]로 박사학위 취득

한국선학회장
인도철학회장
동국대학교 선학과 교수
동국대학교 불교대학원장
동국대학교 정각원 원장
보조사상연구원 원장
동국대학교이사장
아태불교연구원 원장
중앙승가대학 이사
동방대학원 대학교 석좌교수
동국대학교 명예교수
동산 불교대학 법주(학장)

남편

1 노랑나비

보일 듯 말듯 수줍은
분홍꽃 향 빛 따라가다
길 몰라 멈춰버린 노랑나비

분홍꽃 어디어디 숨어
파아란 하늘 꽃단장 곱게 물들였는가
알고 보니

노랑나비 뜻 모르는 날갯짓이
분홍꽃 꽃시루를 그리고 있었네

2 그님

아련한 그 님
그립고 또 사무쳐
허공에 또 새기고
창공에 또 외치니

아련한 그 님
나를 어여삐 여기시나
허공이 맺히고
창공이 들리네

3 몽중

깊은 밤
몽중 가득 채운 별빛 소리에 안광이 가득차고,
풀 섶 휘감고 돌아온 청량한 향기 코끝에 맺혀
혀끝이 달큰하다

영롱한 이슬방울 하나 온 마음을 전하네

4 소원

내게 소원이 무어냐고 물어보면
내게 소원이 무어냐고 물어보면,
나는 모르겠다고
답한다

잘 모르겠다고

지금까지
변치않은 게 하나도 없어
소원은 공상 일지
모르겠네

5 허공에 꽃이라는데

허공 꽃은 꺾고 싶지가 않아
허공에 힘껏 메아리를 쏘아 올려
마음 꽃을 쓰다듬다
힘없이 내려놓아버렸네

남륜스님

삼론종 교리원장
포항 연화사 주지
포항교도소 교정위원
불교인권위원

능인

1 하늘의 눈과 귀

하늘의 들으심은 심히 고요하여
소리 없음에 있음으로

사람들의 사사로운 작은 소리도
천둥소리와 같이 들으며

마음속에 칼을 품고
겉으로는 웃으면서 다가서도

신의 눈은 번개와 같아서
절대로 속일 수가 없나니

허공이 내 눈 밖이라 하여
없다고 하지 말고

마음이 보이지 않는다고
아무렇게나 쓰지 말라

하늘의 눈과 귀는 예리하여
내 생각을
벗어나서 존재하나니

2 여여如如 하구나

종이도
모양도 없는 책을
다리도 바닥도 없는
책상 위에 펴 놓고서

글씨도
단어도 없는 문장을
소리 없는 목소리로
크게 읽으니

형상 없는 내 모습이
우뚝하게 드러나서
삼천대천세계에
여여如如하구나

3 윤회輪廻

입술을 열면
진리 멀어지고

말을 하면
진리
그 끝을 알 수가 없네

생과 사도 요원遙遠한
호젓한 주막집에
무엇하러 왔는가

형상 없는 모습에
무명업식無明業識 배 불리고

돌고 도는 법륜法輪 속에
나그네 되어 돌아가네

4 재물財物

아무리 많아도

자신을 위해
투자하지 못하면

그 사람은

돈 많은
비렁뱅이 일 뿐이다

5 허튼소리[四才]들의 계산법

일 더하기 일은 이 1+1=2
이 더하기 이는 사 2+2=4
삼 더하기 삼은 육 3+3=6
공식적인
지식인知識人들의 계산 법

일 더하기 일은 일 1+1=1
이 더하기 이도 일 2+2=1
삼 더하기 삼도 일 3+3=1
비공식적인
준재俊才들의 계산법

일 더하기 일은 영 1+1=0
이 더하기 이도 영 2+2=0
삼 더하기 삼도 영 3+3=0
진리적인
천재天才, 영재英才들의 계산 법

일 더하기 일은 무 1+1=
이 더하기 이도 무 2+2=
삼 더하기 삼도 무 3+3=
무아적인
무재無才들의 계산 법

6 대나무 1

달빛 젖은
소슬바람에

천년을 푸른
순결 안고

임 그리워
잠 못 이루는 밤

홀로
목울음 삼키며 흐느낀다

7 난초 2

볼수록
아름답구나

다가 갈수록
향기롭구나

어디서 온
당신이기에

이토록
애간장 녹게 하는가

8 바느질

솔바람 부는 한여름
동백기름으로 가지런히 빗은 머리
남옥색 치마저고리
고운 자태

대청마루 한끝에 다소곳이 앉아
해진 옷 솔기마다
한 땀 두 땀
사랑담아 깁던 손길

담장 밑 채송화도
실바람 자장가에 잠이 들고
해는 서산 문턱에서
시샘 눈빛으로 숨는다

내일은
어머니의 사랑 녹아 스민
기워주신 옷 입고
마실 가야겠다

9 걸어온 길에

희미한
그림자 밟고 걸어온 길에

한 방울 두 방울
눈물로 쌓인 정

얽히고설킨 사연
곱게 물든 잎 새

한 잎 두 잎 쌓인 들녘
돌아보는 뒷모습

이루지 못한 아쉬움이
삶의 무게에 울고 있다

10 친구들

앞뜰 뒤뜰
논밭 살 것도 아닌데

허기진 몸
실비에 젖어도

딱지치기
구슬치기
땅따먹기에
시간마저 밟고 앉아

꿈 개척하는
삶의 길동무

말 없는 눈빛 보며
소리 없는 대화로
주고받는 것 없어도

만나면 반갑고
생각만 해도 좋은
친구들

능인스님

현 : 행복사 주지
현 : 한국 음악 저작권협회 작사,작곡,편곡 회원.
현 : 한국 문인 협회 시, 시조, 수필 회원
현 : 한국 시, 시조, 수필 저작권협회 회원
현 : [문예계간지] 시와 수상문학 운영이사
현 : 사회복지법인 광림사 연화원 이사
현 : 한국 미술협회 도봉지부 회원

【저서】
시1집 능인의 허튼소리
시2집 오늘도 그 자리에서
시3집 설연화(雪蓮花)의 향기
시4집 마음 달(불교시집) 1
능인[글말선방]1집 길 없는 길을 따라

주소 : 강북구 수유동 584-7
한국불교 금강선원 행복사(幸福寺)
HP 010-4202-1748

도명

1 생일

어느 별에서
오늘을 선택해 오셨나요
수많은 별들 가운데
에머랄드 빛 지구에 오신
당신을 환영합니다

어떻게 선택이
마음에 드시는지요
여기는 인욕의 땅
어지간히 심난해도 참아야 합니다
그래도 각오만 돼 있으면
꽤 괜찮습니다

때론 삶이 팍팍해도
주변 억 만 리에 이런 곳도 없답니다
단, 세 가지만 명심하시면 됩니다
봐도 못 본 척!
들어도 안 들은 척!

알아도 모른 척!

명심하세요
入場 이후 不退
落張不入입니다

2 인생

인생이란
텅빈 마분지 위 오선지
마음의 하모니
어떤 날은 높은음자리
기쁨의 시간이 흐르고
어떤 날은 낮은음자리
슬픔의 시간이 흐르네
어떤 때는 좀 빠르게 알레그로 알레그로
어떤 때는 좀 쉬어가며 안단테 안단테

인생은 한줄기 강물
험한 골짝 물 어느덧 시냇물 되어
강을 향해 달린다
바다로 흐른다
원래로 모인다

우리네 인생
낮은 산 넘으면 더 큰 산하나

높고 낮음이 교차하고
기쁨과 슬픔의 변주 속에
오늘도 강물은
태고의 노래를 멈추질 않는다

3 출가

오른발 내딛으면 뾰족한 가시
왼발 내딛으면 뻘 구덩이
산천을 떠돈 지 천여 일
회색 죄수복 입기 싫어 버틸 만큼 버텼다
그러나 운명의 수레바퀴는 절벽으로 향하고

이제 세상에서 죽으련다
산에서 죽은 듯 살련다 결심하고
부모님 앞에 섰을 때
출가 권하던 내 어머니
오히려 눈물로 붙잡고
오래전 눈물 마른 아버지
헛기침으로 허락했다

죽었다 복창하고 산으로 올랐지만
세 번의 하산 끝에
겨우 중이 되었다....

4 本地風光

이미 緣起인데
道를 얻으려 했고
이미 나 없는데
無我를 얻으려
그렇게 애를 썼다네
목마르면 물 마시고
졸리면 자면 되었을 것을

一陣狂風에 속아
꿈속에서 꿈을 쫓지만
망연히 自然에 녹아
한 생각 따로 일지 않을 때
구할 해탈도 되고픈 부처조차 있을까

大道는 얻을 수 없고
참 보배는 태초부터 지녔는데
부디 헐떡고개 다시 넘지 마시길

5 廓然無聖

되면 되는대로 되는 것이고
안 되면 안 되는 대로 되는 것
맑으면 맑은 대로 분명한 것이고
흐리면 흐린 대로 분명한 것
길면 긴 대로 확실한 것이고
짧으면 짧은 대로 확실한 것

양 무제 曰 "불법에 무언가 특별한 것이 있습니까"
달마 曰 "툭 트여 성스러울 게 전혀 없습니다"

달마의 한마디에
禪宗은 삼 천년 양식을 비축하고
佛心天子 양 보살은 악지식을 자처했네
누가 이기고 누가 졌는가
진리의 창고는 그렇게 소복소복
채워졌는데

6 生死

깊은 산 두메산골
늙은 총각 젊은 총각
두 총각이 심각하다
며칠을 내린 눈에 세상은 솜뭉치
토굴 창 사이로 호롱불은 흔들흔들

둘은 언제나 진리에 목을 멘다
스승 曰
"어떻게 생사를 면하겠느냐?"
제자 曰
"반드시 죽겠습니다"
은은한 침묵이 흐른 뒤
"이제 되었다. 하산하거라"
"스님 늘 법체 강녕하십시오!"

살려고 산에 왔다 죽는 법을 배웠구나

7 당신

새벽 안개를 뚫고 법당에 불 밝히는 당신
당신은 나에게 힘을 줍니다
부처님께 염원하는 두 손
당신은 나를 간절하게 합니다
구슬 같은 땀방울로 하염없이 절하는 그대여
당신은 나를 열망하게 합니다

어떤 날은 업장의 눈물을 흘리고
어떤 날은 환희의 눈물을 흘리며
언제나 그 자리에 있는 그대
당신은 나를 굳건하게 합니다

나에게 가르침을 받는다는 당신
되려 나에게 가르침을 줍니다
당신은 나를 비추는 거울
언제나 침묵으로 나를 깨웁니다

8 연인

모두가 잠든 고요한 새벽
문득 당신을 불러봅니다
잠자는 아기가 깨어나 엄마를 찾듯
당신을 불러봅니다
부처님
감사합니다

나를 낳은 이는 어머니지만
나를 나 되게 한 이는 당신입니다
거칠은 사바세계
욕망과 괴로움의 바다
아니 오셔도 될 터인데 누구를 위해 오셨나요

예전 업을 녹이던 긴 방황의 시간들
당신을 만났지만 나는 당신을 몰랐습니다
당신을 원망했습니다. 당신을 미워했습니다
이렇게 괴로운데 왜 손 내밀지 않으시냐고
왜 날 안아 주시지 않으시냐고

그땐 몰랐습니다
당신이 한 번도 나를 떠난 적 없다는 것을
언제나 나와 함께 하셨다는 것을

이제야 깨닫습니다
당신은 한 번도 날 버린 적 없었는데
오히려 눈멀고 귀먹은 내가 당신을 버렸더군요
오랜 세월
언제나 절교 선언은 나의 몫이었습니다
나는 갑 당신은 을
내가 당신 가라 해도 당신은 화 안 내고
나 돌아오길 기다려셨지요
내가 당신 밀어내도 당신은 나를 포기한 적 없었어요
내가 당신 숭배했다 생각했는데 그것은 나의 착각
오히려 당신이 나를 더 숭배해 오셨더군요
나의 종교가 당신이었던 시간보다 훨씬 더 오래
당신의 종교는 나였습니다
내가 당신을 사랑하고 찬탄한 줄 알았는데
되려 당신이 나를 더 사랑하셨습니다

수고로이 아니 오셔도 될 당신

그래도 오신 뜻

바로 나에 대한 당신의 사랑이었지요

부처님 이리 와 주셔 감사합니다

온 누리에 당신 모습 가득하고

온 누리에 당신 가르침 넘쳐납니다

이제 눈 다 뜨고 귀 다 열어

당신을 맞이합니다

당신은 나 나는 당신 우리는 하나

당신은 영원한 나의 님

나의 연인입니다

9 식민사학자1

오늘은 스승의 날
난 고마우신 스승님을 생각한다
소다 센세이 이마니시 센세이
나라를 잃어도
센세이 덕분에 괜찮았습니다

예나 지금이나 영광의 시간
길게 나래비 선 제국의 아이들
나를 태두라 신처럼 추앙해
오늘도 흰 두루막 휘날리며
휘적휘적 상아탑을 향한다

세치혀는 걸림없다
낙랑군은 평양에
고녕가야는 진주에
수로왕은 가락국 중시조
단군이고 고조선이고
그게 뭐 어쩌라고

거룩한 역사는 오늘도 날 살찌운다
센세이 고맙습니다
제자여 나를 따르라
황국의 폐하를 높이 받들어라
단, 소리 안 나게 사부작 사부작...

* 나래비 — 줄

10 시민사학자2

흰머리 늘어나니 뿌리가 궁금해
당숙도 가셨으니
물을 곳 어디 없네
권위자 책을 보니
가야 왕 시조할배 낙랑군 상인이고
학술대회 가봤더니
인도서 온 공주할매 오다가 죽는단다

무엇이 진실이고 무엇이 허구인가
허구의 후손인가 권위자가 허구인가
『가락국기』 살펴보니
시조할배 덕스럽고 시조할매 지혜로워
100년을 해로하며 후세의 귀감이네

알면 지키고 모르면 당하는 세상
권위자들 못 믿겠다 내 직접 알아보리
학자가 따로 있나 배우면 참 학자지
직함이면 다 되는가

아는 놈이 장땡이지

그래 마, 좋습니더! 서로 패 한번 까 보입시더 시방!

도명

경남 밀양 生
범어사 출가
금오산 여여정사 주지
전)가야불교연구소장
가야문화진흥원 이사장
범어사 성보박물관 부관장

────────────────── 도해

1 역 앞에서

역에 가면
막연하게
어디를 가야 한다는
강박관념에 갇혀 있다는 사실에
화들짝 놀라곤 한다

그리고
거울에 비친 마음을 본다

2 만남

잠에서 깨어난 뒤부터

밥을 먹을 때나

일을 할 때나

혼자 있을 때에도

보고 말하며 듣는

언제나 새로운

그림자를 만난다

3 춤

하늘이 외로울 때
번개를 보내어 말한다

우주를 산산이 부수어버리고
홀로 있어라

무수하게 경험하는
벼락같고 천둥 같은
깨달음도 잠깐일 뿐이고
선지자의 말도
귓등의 바람이다

깊은 바다에 들어가자
마음 빛이 고개를 들고
웃고 있다

4 수업1

생존을 위해 혼신을 다 하고
가족을 위해 에너지를 다 쓰고
백설이 바람결에 날리는데
몸은 굳어져 둔하여도
소싯적 옛 추억에 잠기네

그 시절 몇 가지 좋은 일
여러 가지의 멋진 포부들
돌아보며 생각하는 기억은
인생 수업이라고 인정해도
시행 판단의 연속들이네

5 수업2

나! 나가 말이여!
불끈 세운 두 주먹으로
열변을 토한 정치 경제 사업
시간 나면 배우겠다는 약속
한 번도 실천 못 했네

흰 눈이 내리는 날
나는 무엇일까 생각해도
안개처럼 아득한 정신에
이리저리 찾아다니며 배워도
답답한 가슴 한구석의 공허에
'남들처럼 살자' 합리화하네

자신을 아는
행복을 아는
수업을 하네

6 꿈

밥맛을 모르는 숟가락처럼
국 맛을 모르는 국자처럼
한평생을 하루처럼
기억하고 살아도
자신을 모른다

밤에 울고 낮에 웃으며
감정의 늪에 헤엄치면서
사랑 행복 희망 노래를
작사 작곡하고 있다

삶은 이미 저—기
눈앞에 와 있는데
꿈에서 깨어나지 못하고
히 히 히 웃고 있다

도해

강원도 동해 출생. 속명은 南桂元, 법명은 道諧, 법호는 潤清이다.

2019년 월간 국보문학 등단.
(사)국보문인협회 정회원.
제28호 동인문집『내 마음의 숲』편집국장.
2023년 (사)국보문인협회 시 분과 이사.

시집/ '이 세상에 올 때의 약속'

2021년 월간 국보문학 제정 제1회 한라문학상 "한라산"으로 대상.
2022년 대한불교조계종 10.27 법난 전국승려문예 공모전 "기억, 그 후"로 장려상.
2023년 국보문인협회 담양 문학기행 "소쇄원의 대나무" 우수상.
2024년 2월 시집『이 세상에 올 때의 약속』발행.

로담

1 우리 절

무위無爲로 터를 다듬어
무심無心으로 주춧돌을 놓고
무주無住로 기둥을 세워
무종無宗의 대들보를 올려
무상無想으로 서까래를 지르니
무욕無欲이 지붕 되었다.

청풍淸風으로 벽을 쌓고
명월明月로 등불 삼아
청산靑山에 창을 내어
백운白雲 선탑禪榻을 놓고
유수流水로 샘을 이루니
창공蒼空이 길이 되었다.

무념無念 밭에 우담발화 심어
무진향無盡香 멸진정아가타에서
무억無憶의 보리과를 나누니
마왕魔王은 호법선신 발원을 하고

지신地神은 불국토를 장엄하니
길일吉日이 절이 되었다.

2 봄과 겨울 사이

오늘은 하늘이
백설기 떡을 찝니다.
가는 빗방울이 한 켤 지나가면
젖은 눈이 한 켤 지나고
젖은 눈이 한 켤 지나고 나면
빗방울이 또 한 켤 지나갑니다.
젖은 눈과
작은 빗방울이 쌓인
양철지붕 위에서는
물 끓는 소리로 흐릅니다.
봄은 그렇게 맛있게 옵니다.

3 수행

젊어서는
세상 신기하다는 생각에
호기심 줄이려고 땅만 보고^{地視} 다녔는데.

늙으니
그도 아니라는 생각에
굽은 허리도 펼 겸 하늘^{仰天}만 보고 다닌다.

이도
무심^{舞心} 인가

4 심장은 느려지고

며칠 전부터
오래된 발통기 돌아가는 소리가 들려
그러는 갑다 했다.

그리고 오늘
좌정에 들어 살펴보니
내 심장 돌아가는 소리임을 알았다.

쉬 쿵
쉬~ 쾅 한다.

5 행주와 걸레 그리고

행주는 일상 밥을 먹는 그릇을 씻고 행구고 닦는
일에 쓰인다.
행주가 더러우면 그릇을 아무리 깨끗하게 씻어도
더러워진다.
더러운 그릇에 음식을 담으면 음식이 상하고
상한 음식을 먹으면 몸은 병들게 되고
병든 몸은 목숨을 위태롭게 한다.

걸레는 일상 방을 닦고 주변을 청결하게 하는 데
없어서는 안 된다.
걸레가 더러우면 방안을 제아무리 청결하게 한다고
해도 더럽다.
더러운 걸레로 방을 닦으면 방안이 되레 더러워지고
방이 더러워지면 피부와 호흡에 문제가 생기게 되고
문제가 심해지면 삶을 위태롭게 한다.

국회는 국가의 헌법기관으로 국회의원 개개인이
입법기관이다.

국회의원의 입법이 정당하지 못하면 국가는
더러워진다.
국가를 더럽히는 입법은 국민의 삶을 더럽게 하고
국민의 삶이 더러워지면 국민이 병들게 되어
결국 국민이 병들면 국가는 망하고 만다.

그래서
행주와 걸레는
바람이 통하는 햇빛에 잘 말려야 한다.
그리고 쓰는 사람들이 잘해야 할 일이다.

6 어느 점에서 만날 수 있는 건가요.

우리 만날 수는 있는 걸까요
어느 점에서 우리 만날 수 있을까요
우리 어느 점에서 만날 수 있는지 알 수는 없는 건가요
어느 점에서 우리 만나면 행복하다 할 수 있는 것인가요

금생에 허우적거리며 비틀거리는 걸음이
어린아이의 박차고 일어서는 걸음이라 하여
대견하다고 여기시며 지켜만 보셨다면
분별없이 갈팡질팡 거리는 발걸음 아래
걸음마다에 무억無憶으로 살생한 숱한
영혼의 원한과 애환에 맺힌 업보로
무간지옥에 가 있으면
데리러 오시렵니까?

자성불이든
과거불이든
오셔서
또 어느 점에 다시 오신다고 하시렵니까?

7 환자의 희망

1

날짜와 시간예약을 하고 찾은 병원
홀로 혈압을 재고
기숙사 사감 같은 간호사 지시로 몇 번 방 진료실
앞에서 대기를 한다.

진료를 기다리며
아무리 생각해도 이해가 가지를 않아
간호사에게
왜
아픈 환자가 말짱한 의사를 기다려야 하느냐고
물었더니.
환자 취급을 한다.

2

다시
사회가 아프면
어디 가서 기다려야 하느냐고 물으려 했더니

기숙사 사감 같이 지시하는 간호사도
아픈 환자를 기다리게 하는 말짱한 의사도
치료를 기다리는
몇 번 방도 없는 흑암지옥이다.

8 먼 길

작가는 작품으로 노래하고
독자는 공감으로 춤을 추는 속에

장사꾼은 이익을 노래하고
사기꾼은 명예를 들썩인다.

촌로村老는 산길을 헤매지 않는데
노루가 데려 슬픈 눈망울로 서성인다.

무명작가는 달 밝은 별밤을 지새우면서도
작은 연못 가운데 별 하나 건지지 못했다.

로담스님

전남 광양 生
송광사 출가
아가타보원사 주석
91년 문학공간등단
시집;「나 너답지 못하다고」「아버지」
한시 번역;「염불하지 않는 이 누구인가」

경기도 가평군 상면 원흥길 97-113 아가타보원사

명안

1 벽에 걸린 새벽

어느 해 봄날
꺼먼 관 만큼 큰 괘종시계가
선물로 해서 왔다
태엽을 고봉으로 먹여도
꼼짝 않던 시계추가
오늘은 밤 밤참을 소화 잘 한다

벌써 나를 태운 시간이 새벽을 간다

밤새도록 긴 그리움에 감겨
님 생각하는 精心엔 고기 눈 같은 생기가 살고
어디서 쓸어 오는 아카시아 좁내가
바람이 부는 대로 온 밤을 물들인다

이제 黎明은 곧 새벽을 쫓겠지!
정말 오늘 밤은
"별이 바람에 스치운다"
그 글귀가 좋다

2 訴願

지느러미처럼 사노라면
고독은 수풀같이 자라고
잠 못 이루는 밤이 많아지는 까닭은
그대 아쉬운 渴望의 訴願이
잠 못 이루기 때문이다

머얼리 한 눈에 바라 뵈는
커다란 하늘 공간에
나의 그리움을 보내고 싶은 까닭도
그대 아쉬운 念願의 訴願이
소리소리 울기 때문이다

한낮 부재의 뜨락에
그늘이 머물 듯
그대의 그림자처럼 내가 함께 있는 까닭도
그대 아쉬운 愛情의 訴願이
가만히 머물고 있기 때문이다

3 비오는 날

진종일 비오는 오늘
빗줄기 보다 긴
그리움에 감겨
차라리 저승을 간다

빗소리 몰아내고
창문을 닫아도
내린 비 가슴 넘쳐
끝내는 이승을 조른다

아! 오늘은
빗속의 우리 마음 분별 못 가리고
찾아 오가는 지!
못 찾아 되오가는지!
사뭇 종일
비 맞으며
떨며 울겠네

4 비단 강의 사연

비단 강 錦江이 운다

말로는 표현할 수 없어
헤어진 사랑을 그리며
반짝이는 물결로 운다

비단 강 錦江이 운다

울어도 젖지 않는 몸뚱이로
떠나보낸 자식을 그리는 어미는
밤새 북두칠성을 끌어안고 운다

비단 강 錦江이 운다

동학의 민초들이
허기 면하느라 퍼마셨으니
새벽마다 붉은 핏빛으로 운다

5 김장밭의 비밀

마음에도 두지 말라 했거늘
남겨진 발자국에 자꾸만 눈이 가고
허공처럼 살라 했거늘
뜯어 먹힌 남새들의 잎사귀 안타깝다

주인 없는 햇살이
임자 없는 별빛이
소유 없는 바람이...
처음부터 내 것이 아니었듯

고라니는 고라니의 삶이 있고
멧돼지는 멧돼지의 삶이 있고
나는 나의 삶이 있으니
서로 겹치는 경계 어찌할 방도 있겠는가

잠 못 이루며 짖어대었던 똥개 덕분인지
자연의 법도를 아는 녀석들의 계율 덕분인지
줄을 매었던 나의 번뇌 덕분인지
매년 용케도 김장할 만큼 남는다

6 눈 오는 날

밤새 저만치 멀어진 동네
하루 종일 푹푹 빠지도록 쏟아져
거리는 점점 늘어 사흘이 넘어가고

저만치 차단되어버린 기다림
여유로 다가오는 중단된 바쁜 일정
조용할수 밖에 없는 마당

법당 가는 길 공양간 가는 길
갔던 길 되돌아오는 흔적
뻔한 길 뻔질나게 다니는 인생

사람 찾지 않는 산사
한가로움이 찾아드니
그리 복잡하지 않는 길 뻔히 보이네

7 천지개벽

산꼭대기 약사사
돌담길에는
빤질빤질 동글동글
강돌들이 쌓여있다

보살님들 정성에
거사님들의 바람으로
천지는 개벽하여
강이 산으로 올라 흐른다

중생 하나에 대승보살 하나
보살이 지옥으로 뛰어들 듯
강돌들이 산으로 올라와
부처를 장엄하여 극락을 만든다

약사사 돌담길 강돌들이
고향으로 돌아가는 날
미륵불이 오시는 그날
천지는 개벽하겠지

8 여래를 찾아서

여래를 찾는 求道
求道로서의 救病 救護

救病 救護에서 만나는
여래의 길 求道

여래가 求道의 길을 가는 것은
중생이 끝이 없음이라

중생이 끝이 없음이니
救病 救護도 끝이 없음이라

인왕이 만났던 여래
救病 救護 求道

오늘도 그 길에서
여래의 은근한 미소 만난다네

9 여래 아리랑

아리 아리랑 쓰리 쓰리랑
아라리가 났네

아리랑의 님은
사랑하는 님 떠나보내야 했으니
쓰리랑은 언제나 기다림 이었다

여래의 아리랑
부처님 나라 쓰리랑 만나
스리랑카에 아리랑 꽃 피웠네

인왕여래와 구나난다여래는
파아나두라에서 아리랑을 부르고
여래종도는 이 땅에서 쓰리랑을 불렀네

여래종과 스리랑카 교류 40년
救護 救病 求道의 여래
아리랑 가락 삼박자 춤사위

불교인권위원회는
창립 33주년, 제 29회 불교인권상을
여래종도에 주었으니

아리 아리랑 쓰리 쓰리랑
아라리가 났네

10 청동대불을 기다리며

열흘의 붉음
미련 없이 떠나간 자리
벌써 가을의 그것들이
따가운 햇살에 배꼽을 말리고 있는데

그것을 만들지 못한 나의 봄
떠나보내지 못하는 번뇌
금강의 물에 씻기고 씻기어도
더욱 선명해 지는 뚜렷한 영상

대약사사 영축산 무지개 뜨던 날
가슴에 선명히 새겨진
약사여래불 약사여래불
무지개 아래 선명한 약사여래불

약사여래 후광 무지개다리 되어
일체중생 건너는 그날
나도 미련 없는 붉을 열흘처럼
저승의 사바세계 그곳으로 기꺼이 가련다

명안스님

한국불교 여래종 총무원장
대약사사 주지
불교인권위원회 충북위원장
여래문학회 회장
1984년 <시와 의식> 등단

———————————————————————— 범상

1 챔 질을 기다리며

나는 누구인가 하고
생각하는
그놈은 누구인가!

"마음입니다"

그것이 마음이다 하는
그놈은 누구인가!

말로는 알 수 없는 세계
어쨌든 설명은 해야 하고

성급한 행자
당장 시원히 알려 할 때

뻐꾸기 울음 타고
땅거미 짙게 내린다

보시게
별빛은 수 억 년 달려왔고
뻐꾸기 소리는 금방 왔고

"현재라는 지금은 어떠한가"

(뭔 씨나락 까먹는 소리)
스님은 아시오!

나도 모르니
자네에게 묻지 않는가

양심 없는 놈
날로 먹으려 설치는 것 보니
낚시를 물은 게 분명하다

2 늘어나는 것

하나 둘 늘어나는
노년의 물품들

나도 모르게
돋보기 노점에 기웃기웃
노련한 장사꾼
안사도 괜찮으니 써보란다

어라!
겹쳐 보이던 희미한 글씨
또렷하게 나타나는
그야말로 신세계

몇 개씩 사 간다는 말
내심 늙음을 부정하며
장사꾼의 상술이겠거니
미적미적 한 개를 샀다

돌아와 책을 폈다
한 뭉텅이로 보이던 한자
본문에 비해 작은 주석들
약간 어질 대지만 잘 보인다

날 밝으면
자동차, 서재, 법당 등등
세 살 아래 동생 것까지
대여섯 개 사 와야 겠다

하나 둘 늘어나는
노년의 물품들
웃자 웃으며 받아들이자

3 보령시의 무관심

불火이라 말해도
입이 뜨겁지 않고
종이에 불火이라 쓰더라도
결코 태우는 법이 없다

말과 글은 이와 같으나
우주의 실상을 설명하는
붓다의 말씀
세속제로서 진리이다

세속제에 의지하여
말과 글이 끊어진 세계
우주 실상의 체득 깨달음
승의제로서 진리이다

교教 세속제로 진리요
선禪 승의제로 진리이니
敎는 禪으로 나르는 배

教없는 禪 있을 수 없다

-보령 성주사지 소개-
禪宗은 어려운 불경 몰라도
수행을 잘 하면 깨달음에
도달한다고 적혀있다

국가의 무지가
세속의 무지로 이어지는
안타까운 현실

수정 요구에 묵묵부답
관리 주체 보령시에
각성을 촉구한다

4 極의 고통

極을 넘어설 때
비로소 시작을 맞이하니
처음은 고통의 한계이다

생존이란
極에서 始로 이어가는
순간순간 고비의 연속

달력에는 벌써 봄이 왔건만
여전히 바짝 마른 山川
긴 겨울의 힘든 끝자락

풀들이 돋아날 때까지
배고픔이 아찔하게 깊은 시기
봄을 보려는 生의 안간힘

인간의 영역 문 앞까지
어지럽지만 선명하게

멧돼지 발자국 찍힌 아침

뉴스에서는
사상 초유의 무역적자
우려의 목소리 흘러나온다

5 오지 못하는 삼월

자유는 만유의 생명이요
평화는 인류의 행복이다*

그 해
삼월에도
버들개지 피었고
하늘은 푸르게 맑았다

그 해
삼월에는
버들개지 평화가 없었고
하늘은 자유롭지 못했다

자유를 지키고자 했으니
자유를 존중하며 싸웠고
평화를 얻고자 했으니
평화를 지키며 싸워야 했다

총칼 앞에 당당한 외침, 만세!
죽음 앞에 초연한 외침, 만세!
민족자존 역사의 외침, 만세!
겨레의 영원한 행복 만만세!

3.1만세는 임시정부를 낳아
오늘의 萬世를 이어가고
고귀하고 숭고한 선열의 피
강토의 꽃으로 피어나건만

이 땅에는 여전히
파렴치의 역사가 판을 치고
그때 그곳에 뿌리를 둔 양극화
백성의 자유와 평화 억압하니

올해의
삼월에도
버들개지 아프고 또 아프고
하늘은 푸르르도 푸른 게 아니니

萬世에 부끄럽지 않을

민족주권 역사 회복
그 해 삼월에 기다리던 봄
아직도 오지 못하네

*만해의 〈조선 독립의 서〉

6 열매와 씨앗

며칠째
산고에 아파하던 밤송이
활짝 벌어진 빈껍데기
소리 없이 공허하게 웃을 때

누렇게 괴로워했던
사연을 아는지 모르는지
등산객과 다람쥐 눈치껏
번갈아 가며 가져간다

다람쥐 눈치는
제 목숨 살피느라 바쁘고
등산객 눈치는
주인 살피느라 허둥대고

밤나무의 산고를 지켜본
주인이라 불리는 나
특별히 해준 것 없으니

오늘은 구경꾼이 되어본다

수많은 열매를 낳아
미련 없이 이웃 살리고
겨우 남은 몇 개 씨앗 되어
다음生 이어가는 위대함

등기부에 이름 적었다고
내 것이라 떠나지 못하는
탐욕의 초라함에
가을 하늘 더욱 깊어가네

7 어느 봄 날

청매화 면도날 같은 도도함에
두견화 수수한 미소 지을 때
괜스레 심통 불거진 봄바람
휘돌아 치며 사방 설쳐대니

어렵사리 청명한 봄나들이
고뿔이 될까 염려하여
화들짝 성급히 돌아서데
담벼락 수선화 은근히 가슴을 연다

꽃 가슴 보아도 무덤덤한
세월에 닳아 바싹 말라버린 감정
입으로는 한 없이 어여쁜데
가슴까지 와 닿지 않으니

한마디 내키지 않는 단어
비껴갈 수 없는 늙음
시시각각 빠르게 다가옴을
옷을 뚫는 찬바람이 일어주네

8 낙화유수

돌장승이 아이를 낳고
바위에 石花가 핀들
봄날 번거로울 뿐인데

해골바가지 없는 원효방
들어앉은 놈이 주인이거늘
主人! 客 찾느라 소란하고

얻을 것 없어 번뇌도 없는
개암사 주지실의 하얀 밤
창밖 민들레 잠 못 이룰 때

무상의 노래로 반기던 벚꽃
아차! 봄볕에 떨어지지 못하고
한밤중 차창에 흩뿌리네

계묘 윤이월 개암사에서
진관, 지우, 종고, 범상
인시寅時를 넘겨 헤어졌다

9 자비와 사랑

수행이란
즐거움이 즐거움으로 이어져
항상 행복에 머무는 일이다

그 실천으로
상구보리 하화중생의
자비심을 일으켜야 한다

사랑이란
좋은 것, 좋아하는 것에 대한
집착의 괴로움이다

일체는 항상 변하는 법
좋은 것 역시 변하니
괴로움의 영속일 뿐이다

자비란
사랑에 집착하는 마음을
안타깝게 여기는 것이다

그 안타까움으로
일체의 집착을 끊어 내어
나, 너, 우리가 행복함이다

엄마의 사랑이
자비행이 될 수 없는 것은
자식에게 집착함이다

이웃 종교의 사랑이
자비와 다른 것 역시
남을 배타하기 때문이다

자비의 안타까움으로
서로가 서로의 부족함을
채워 줄 때 모두가 행복하다

계묘 4월 11일 교도소 법회에서

10 참꽃의 사연

뒷산
소꿉장난 같은
옹기종기 작은 돌무더기

아이들이 재잘거리며
금방이라도 뛰어나올 듯
진달래 붉게 핀 따스한 봄날

꽃이 아름다운 것은
살았다는 안도감인데, 끝내
겨울을 이겨내지 못한 가난

배고픔에 불어 터진 부황
자식 묻고 돌아서는 어미
산 자식 위해 따먹었을 그 꽃

그 시절 진달래는
먹는 꽃 참꽃이었고

두견새처럼 우는 엄마였다

더 이상 먹지 않는 참꽃
애장터라는 기억조차 없는
기름진 뱃살의 봄날에

흔적으로 남아 있는
뒷산 돌무더기 앞에서
진토가 된 넋을 기려 본다

*부황 – 굶어서 몸이 붓고 누렇게 되는 병
*애장터 – 아이의 시신을 묻은 돌무더기

범상梵相 스님

경북 울진 生
동화사출가
홍성 용봉산 청송사 주지
2005년 <문학공간> 등단
승려시인회 사무총장
여래문학회 사무총장
불교인권위원회 사무총장
시문집『탁발』, 시집『용봉산 心으로 새기다』
010-8749-5350

법매

1 노린재의 습격

창호지 여닫이 방문열자
잽싸게 노린재가 날아든다
한쪽 팔을 들어 내쫓으려는데
옷에 찰싹 달라붙어 떨어질 줄 모른다

노린재를 재빠르게 날려 보지만
노린재는 코웃음 치듯 공중제비를 하며
방안을 한 바퀴 휙 돌더니
다시 바지 자락에 찰싹 달라붙어
죽은 척하고 있다

파리채로 노린재를 건드리자
지독한 냄새를 피우며 문밖으로 피신을 한다
손톱보다 작은 벌레가 뒤엄보다 더 독한 냄새로
머리와 코를 마비시키고 있다.

2 새들도 안다

새벽에 볼일 보러 일어나 밖을 나가자
온갖 새들이 총출동하여 내 귀에다
오늘의 정보를 속삭인다

아하, 저 새들도 오늘이 4.19라는 사실을 알고 있
었나 보다

피륙이라도, 밀가루라도, 고무신 한 켤레라도,
강냉이 한 됫박이라도 타 먹고 싶어
무조건 눈치 보며 이승만 만세를 불렀지

김주열 군의 희생이 없었더라면
눈에 최루탄 박힌 그 귀한 몸뚱아리가
바다에서 안 떠올랐다면
우리 백성들은 노리갯감으로 전락하고 말았겠지

산길에는 어느덧 벚꽃이 지고
붉디붉은 철쭉꽃이

우는 듯 웃는 듯 앵돌아진 입술로
막걸리나 한잔하고 가라고
내 손을 붙잡고 있네

3 돌 속의 강물

강물이 흐르다 멈춰버려서
돌이 되어버린 강

돌 속에 아버지가 있고 어머니가 있고 내가 있지
거기엔 모래무지도 송사리도 있지

아버지와 어머니가 강가에서 도란도란 이야기하다
강물 속으로 풍덩 뛰어 들어가서 목욕을 하였지

흐르는 돌강에서 어머니가 빨랫방망이를 들고 나
오고
아버지는 지게를 지고 나왔지

나만 아직도 돌강에서 못 나오고
돌을 깨부수는 연습만 열심히 하고 있지

4 호랑나비의 공부

허공을 배회하던 나비가 수각 아래 앉아 시름을 달래고 있다

목이 말랐을까
다리에 물을 묻혀서 연신 입에 대었다 떼었다 한다

한참을 화두 공부한 듯 앉아있던 나비가
날갯짓을 두어 번 하더니 허공을 박차 오른다

수각 주위를 빙빙 도는 나비가 다시 앉을 듯 말 듯 하더니
소나무 그늘에 사뿐히 내려앉아 선정에 들기 시작한다

얼마쯤 시간이 흐르자 다시 저 멀리 산속으로
양 날개를 펄럭거리고 날아간다

5 건빵

입 안 가득 침이 고인다
엄니, 형들, 동무들과 티격태격하며
한 개라도 더 챙기려고
온갖 꾀를 냈던 추억의 건빵
그 건빵이 탁자 위에 보인다
웬일이야 얼른 하나를 집어 입속에 넣는다
더 이상 추억의 건빵이 아니다

양재기에 건빵을 잔뜩 쏟아 넣고 물을 채우자
얼마가 지나지 않아 부풀어 오르기 시작한다
풀대죽이 된 건빵을 한 숟갈 넣는 순간
엄니와 형들과 동무들이 눈앞에 어른거린다
동무들과 같이 자치기를 하며 놀던
그 추억의 건빵이 금방 내게 달려온다

6 벽시계

하루에도 몇 번씩
그의 지시대로 움직였다
난 언제부터인지
그의 노예가 되어있었다

모든 존재는
공간 속에서 태어났다가
시간 속으로 사라진다

그리고 무수한 낮과 밤을
지배하는 건
내가 아닌 벽시계다

사람만 피가 도는 게 아니다
벽시계에 피가 돌아야
초침 분침 시침이 움직이고
그걸 보고 나도 따라 움직인다

7 연악산 요정들

연악산 초입에 들어서자마자
연악산 요정들이 반갑게 인사한다
여기서 찌루 저기서 찌찌루
참나무에 코딱지처럼 달라붙은 암매미가
맴맴 소리를 내자 수매미도 멈멈
내 발걸음에 놀란 산토깽이가
화들짝 귀를 쫑긋 세우고
앞산으로 마구 달리기 시작하다가
발걸음을 멈추고 뒤를 힐끗 돌아본다
서로 눈이 마주치자 경계를 잔뜩하다
이내 도토리를 먹기 시작한다
웬 놈이 나타나서
연악산 요정들을 놀라게 하느냐고
수억 년을 먹은 늙은 산도 나무랄 것 같다

8 풍란

풍란이라 이름을 가진 그대
눈에 뜨이지 않는 곳에
처연히 우뚝 서있는 그대
하늘로 기개를 잔뜩 뽐내다
사뿐히 고개 숙인 그대

이제야 그대를 알겠네
단순히 여리고 귀여워서
좋아한 것만은 아니었다는 것을
기개 있고 품위 있고
거기다가 눈에 잘 뜨이지 않는 곳에서
가만히 있을 줄 아는
겸손의 미덕까지 갖추었기에
마음이 갔다는 사실을

최법매崔法梅

속명: 최순태(崔淳泰) 1956~
시인 1970년 김천 직지사 출가.
2020년 2월. 동국대학교대학원

국어국문학부(문예창작학과) 박사과정.
저서(시집):『영혼의 깃발』,『머물다 떠나간 자리』『(한영 번역 시집)
『돌속의 강물』(천년의 시작,2021.2) ≪문학의 오늘≫(계간, 2016, 가을호), ≪국제PEN문학≫,《불교문예》, ≪문학공간≫(월간), ≪달도하나 해도하나≫(한국작가회의 경북지회), 한국문인협회, 한국작가회의, 국제PEN한국본부, (전)직지성보박물관장, (전)문경모전사회복지관장제20회 김천시문화상(교육, 문화. 체육 부문) 경북작가상(2016), 한반도문학상 등 다수 수상, 구미 수다사 주지(2022 현재)

선묘

1 꽃샘추위

봄인가 하니 겨울이네
겨울인가 하니 봄이더니
간밤에 비와 함께 내린 눈
봄인지 겨울인지 걱정 늘어도
비도 눈도 추위도 따뜻함도
시절은 가고 또 올 거다
그러든 말든
겨울을 한번 뒤돌아보라고
새들은 허공에 깃털을 놓는다

2 오곡으로 밥을 짓는 봄

여름에 말려놓은 묵나물들 담갔다가
부처님께 영단에도 나물과 오곡밥으로 공양을 올
리고
우리들도 맛볼 차례 기다려
지난 이야기 하며 함께 먹는 나물김밥
김은 화롯불에 살짝 굽고
진주보살이 보름에 먹으라고 원행스님 오는 길에
보내오셨네
13가지나물과 오곡밥을 넣고
김밥처럼 싸서 조선간장에 살짝 찍어 먹으면
다들 밥도둑 따로 없다고 하시네

3 기지개 펴는 봄

봄비가 봄이 왔다고
땅속 깊은 꽃씨들을 깨웁니다
일어나 일어나라 봄이야
꽃씨 트일 때가 왔다고
황새가 물어온 꽃씨도
오리가 물고 온 꽃씨도
까치들이 물고 온 꽃씨도
모조리 일어나란다
봄이 온다고
기적이 일어날꺼라고

4 비 오는 날

많은 비가 내렸어요
겨울에 계곡물이 넘치네요
나무들이 물이 오르고 봄이 온 것 같아요
이런 날은 법당에 들어앉아 기도나 하려 합니다
마음을 달래는 것 참으로 중요해서
순간 언행이 벗어나지 못하도록
밭에 잡초를 뽑듯이
삿되게 흐르지 말라고 타이르고 있습니다

5 모든 일을 문을 여는 일

생각하는 것
생각에서 말을 꺼내는 것
듣는 것도 자신이듯
일은 결국 자신이 만드는 것
마음 밭을 일구는 중입니다

6 새벽 비

먼동이 트기 시작한다

보이지 않던 모양들이 보인다

낙엽 돌 산 절 마당 장독대

우산 들고 도량 돌아보는 일도 행복하다

모든 인연들이 아프지 않고 행복하길

백가지 액이 소멸된다는 재살부를 살라주며

방배동에 사시는 정토심보살님 빨리 쾌차하시라

허공에 불러본다

아직 동트기 전이다

부지런한 공양주보살님

빨리 데리러 내려오라고 기별이 왔다

선묘스님

충북 단양 生
선암사 출가
예산 쌍지암 주지
한국문인협회, 충남 시인협회 회원
2002 『문예운동』 등단
1986년 서울문예대전 문인화 부문 입선
2006년 안견미술대전특별상
2007년 대한민국고불서예전 삼체상 특선
2014년 제37회 한국문화예술대전(서울 메트로미술관)
2015 아세아 미술초대전(서울시립경희미술관)
2015 제2회 개인전(인사동 고도갤러리)
시 집 「슬픔을 받아적다」 「목어를 찾아서」
　　　　「부처 팔아 고기나 사 먹을까」
　　　　「집은 멀다」 「청산은 나를 보고」 「메주꽃 항아리꽃」
수필집 「인연」 「운명이 그대 어깨를 짚을 때」

오심

1 참선

벽을 보고 온 종일 앉았다.
누가 나를 보는가?
누가 나를 아는가?

참선을 한다고 앉았다.
네가 나를 아는가?
내가 너를 아는가?

행선을 한다.
하늘이 나를 본다.
내가 하늘을 본다.

어느 것이 眞實인가?

2 참구

알지 못커라

알지 못커라

누구라 말하지 말아라.

다만 참구할 뿐이다.

3 수행

닦음이 이어지니 행복하여라.

길게 이어지는 마음의 행복이어라.

아! 아! 끊어짐은 아니어라.

수행은

수행은

그렇게 이어지는 공부.

4 번뇌

네놈이 오는 구나
그래
네 놈이 오는 구나

제일 힘든
마음의 그 놈이
네 놈이구나

가장 힘든 놈이
제일 먼저 온 네 번뇌이구나.

5 活句 1

두 물줄기 하나로 돌아가니
만경창화가 법문 아닌 게 없구나.

雙水一歸
萬境唱花
不揮法聞

6 活句 2

흰 구름 하늘을 덮어도
땅위의 작은 버섯을 못 덮는다.

白雲倉空有蓋
地上小蘑不蓋
마고 마

7 간화 선

화두를 든다.
화두를 잡는다.
화두에 들어간다.

그것은 마음
그것은 나의 몰입
그것은 님의 마음

따르리라 그 마음
쫓으리라 그 몰입
찾으리라 그것을.

8 면 벽

먼 훗날 후대인은 그렇게 말했다.

그것은 면벽 좌선이라고.

달마는 그렇게 말하지 않았다.

석가모니도 그렇게 말하지 않았다.

후대인은 그것을 면벽좌선이라고 했고

그것을 최고의 마음이라 했다.

그것은 어디에도 없었다.

그것은 어디에도 이미 있었다.

9 좌 복

먼 노승의 앉은 자리는
오랜 흔적이 남았다.
때 묻은 노승의 좌복엔
눈물 젖은 고뇌의 땀이 빼어 있었다.
소리가 묻어 있었다.
때론 걷잡을 수 없는 고뇌의 사자후가
삐틀어도 움직이지 않고
옥죄어도 그 자리는
절대 요지부동.

10 눈썹

선방의 수좌스님을 눈썹과 같은 존재라 했다.
아무 작용도 하지 못하는 눈썹.
그 눈썹은 얼굴의 제일 위에서 군림하고 있다.
그것이 없으면 얼굴은 엉망이 된다.
얼마나 아름다운가?
얼마나 숭고한가?
저 눈썹과 같은
수좌스님.

오심스님

2020년 <문학공간> 신인문학상
불교신문 사장
대한불교조계종 종회의원

월강

1 상불경보살

나는 당신을 가벼이 여기지 않습니다
왜냐하면
당신을 장차 부처님이 되실 분이기 때문입니다

존경의 마음으로 머리 숙여
당신의 발걸음에 꽃잎을 뿌립니다

험난한 길 헤쳐 나가는 당신의 뒷모습
저는 묵묵히 기도하며 바라봅니다

당신의 눈빛에는 지혜가 담겨있고
당신의 목소리에는 자비가 흐르네

당신의 손길은 고통을 치유하고
당신의 말씀은 희망을 전합니다

저는 당신의 발자취 따라
깨달음의 길을 향해 나아갑니다

언젠가 당신과 함께
모든 중생이 행복한 세상을 만들겠습니다

2 세상을 향기롭게

꽃향기는 바람을 타고
사람의 향기는 마음을 타고

봄바람에 실려 온 매향처럼
풋풋한 설렘이 가슴을 스치고

여름햇살에 핀 장미향처럼
뜨거운 열정이 피어오르네

가을바람에 흩날리는 단풍잎처럼
깊은 그리움이 쌓이고

겨울눈에 덮인 수선화처럼
순수한 마음 빛나네

꽃향기는 계절을 전하고
사람의 향기는 마음을 전한다

향기는 보이지 않지만
마음에는 뚜렷하게 느껴지네

꽃향기처럼 아름다운 마음
사람마다 다채로운 향기를 뿜어내며

세상을 향기롭게 만들어가네

3 마음의 문

굳게 닫힌 문, 마음의 요새
힘으로는 부서지지 않고
돈으로는 매수되지 않는
깊은 내면에 숨겨진 비밀의 공간
두려움과 의심으로 쌓아올린 높은 담벼락
낯선 이들을 막아내는 견고한 요새

따스한 햇살, 부드러운 속삭임
차가운 벽을 녹이는 따스한 햇살처럼
거친 바람을 달래는 부드러운 속삭임처럼
진심어린 말 한마디 가슴을 울리는 선율
마음의 문을 여는 열쇠가 되어 내면을 비추네

서로를 향하는 마음 빛나는 연결
공감과 이해 사랑과 존경으로 쌓아 올린다리
두 개의 마음을 연결하는 빛나는 통로
문을 열고 나누는 진솔한 이야기
서로의 영혼을 감싸는 따스한 위로

영원히 피어나는 꽃 마음의 정원
마음의 문을 열면 피어나는 아름다운 꽃
향기로운 정원 풍요로운 삶의 시작
진정한 소통과 교감으로 맺어진 인연
영원히 변치 않은 깊은 우정과 사랑

마음의 문을 열어 나아가세요

4 기도

아침 햇살에 빛나는 이슬처럼
작은 소망들이 싹트네
나뭇잎 사이로 부서지는 햇살처럼
희망찬 꿈들이 펼쳐지네

나무도 궂은 세월 견뎌
푸른 하늘을 향해 뻗어나가듯
나의 소원도 흔들림 없이 굳건히 기도하리

가을바람에 흔들리는 나뭇잎처럼
때로는 흔들리고 흐르는 마음도
굳건한 뿌리를 내리고 하늘을 향해 나아가리

겨울 추위를 이겨내고
봄바람에 다시 움트는 나무처럼
나의 소원도 겨울잠 자고 더욱 강하게 피어나리

나무도 다 자랄 때까지 자라듯이
나의 소원도 이루어질 때까지
끝임 없이 기도하며 찬란한 미래를 향해 나아가리

5 부자 되는 법

가난한 생각은 습한 그림자처럼
마음에 스며들고 영혼을 갉아 먹는다
부족함에 대한 두려움은 깊은 뿌리를 내리고
희망의 빛을 가리는 어둠이 된다

빈곤의 굴레는 움직임을 가두고
발걸음을 묶는 무거운 짐이 된다
미래에 대한 불안은 끝임 없이 속삭이고
현실은 답답한 감옥과 같아진다

하지만 부의 생각은
따스한 햇살처럼 마음속에 녹아들고
영혼을 밝히는 힘이 된다
풍요로움에 대한 믿음은 굳건한 다리가 되고
가능성의 문을 활짝 열어준다

성취에 대한 열망은 날개를 달아주고
끊임없이 노력하는 발걸음을 이끌어준다
긍정적인 생각은 빛나는 미래를 그려내고
가난의 그림자를 물리친다

가난과 부는 마음의 상태에서 비롯된다
부족함에 대한 두려움을 버리고
풍요로움을 믿는 마음을 갖는다면
가난은 스스로 물러서고
진정한 풍요로움이 찾아올 것이다

6 바다의 길잡이 부처님

바다의 거친 파도 헤치고
나침반 없는 배는 헤매인다
길 잃은 영혼들은 방황하며
진정한 행복을 찾지 못한다

하지만 두려워하지 마세요
바다의 길잡이, 부처님께서 오셨습니다
법의 다리를 놓아주시고
우리들을 건너편으로 인도해주십니다

대승도의 모든 경전은
구름을 헤치고 햇살처럼 비추는 등대입니다
어둠속에서 길을 잃은 우리들에게
밝은 길을 제시해 주시고
진정한 깨달음으로 이끌어 주십니다

부처님의 따뜻한 손길에 이끌려
우리는 더 이상 헤매지 않습니다

두려움과 고통에서 벗어나
평화로운 나라로 나아가게 됩니다

바다의 길잡이
부처님
법의 다리 놓아 주시네
대승도 경전 비추어
하늘 사람 모두 건네주시네

7 불법(진리)

세간 속에 진리가 숨 쉬고
진리 속에 세상이 담겨 있네

세간을 떠나 진리를 찾는다면
그것은 토끼뿔을 찾는 것과 같아

진심은 망념 속에 빛나고
망념 속에 진심이 숨겨져 있네

망념을 떠나 진심을 찾는다면
그것은 거북의 털을 찾는 것과 같아

진리는 가까이 있고 멀리 있지 않아
바로 눈앞에 펼쳐져 있네

마음을 깨끗이 하고 진실을 바라보면
진리는 그 자체로 드러나리

진리와 함께 살아가는 삶
그것이야말로 깨달음의 길이로다

8 기회

아직 이른 봄날의 햇살처럼
아스라이 비치는 기회
찬바람에 얼어붙은 땅 위에
미지근한 온기를 품고 내려앉는다

바람에 흩날리는 꽃잎처럼
경쾌하게 스쳐가는 기회
아름다운 순간을 남기고
후회만 남기기도 한다

여름밤 하늘에 빛나는 별처럼
셀 수 없이 많은 기회
어떤 별을 택할지 고민하다 보면
새벽이 밝아오기도 한다

가을바람의 속삭임처럼
조용히 다가오는 기회
가만히 귀 기울여야만

그 존재를 알아볼 수 있다

겨울눈의 결정처럼
독특하고 아름다운 기회
하지만 추위를 두려워하지 않으면
그 아름다움을 만끽할 수 없다

인생의 길목에 서서
어느 길로 가야 할지 고민한다
모든 길을 미지의 세계로 이어지고
어떤 기회가 기다리고 있을지 알 수 없다

기회를 잡으려면 용기와
결단이 필요하다
망설임과 두려움을 버리고
한 발짝 내딛어야 한다

9 덕향德香

조용히 내려앉는 아침 안개처럼
가슴 속 깊은 곳에 퍼지는 덕의 향연
한 송이 꽃봉오리처럼 곱게 피어나
내 안의 세상을 따스하게 물들인다

작은 친절의 손길 따뜻한 미소
어려운 이웃을 향한 나눔의 마음
모두 덕의 향기가 되어
세상을 향한 사랑의 노래를 부른다

쌓이는 덕은 내 안의 빛이 되어
어둠을 밝히고 길을 인도 한다
거친 파도를 헤쳐 나가는 나침반처럼
나의 운명을 바꿀 힘이 된다

 덕의 향연은 끝없이 이어져
세상을 아름답게 물들인다
서로를 향한 사랑과 나눔의 꽃잎들이

평화로운 세상을 만들어 나간다

조용히 내려앉는 아침 안개처럼
가슴 속 깊은 곳에 퍼지는 덕의 향연
한 송이 꽃봉오리처럼 곱게 피어나
영원히 빛나는 내 운명이 된다

10 청정심 淸淨心

맑은 샘물처럼 깨끗한 마음으로
굳은 뜻을 간직하며 나아가면
어둠 속에서도 빛나는 진리가 드러나
영혼의 눈앞에 펼쳐지리라

겨울에 묻은 티끌을 닦아내면
본연의 투명함이 드러나듯
잡념을 내려놓고 마음을 비우면
진리의 빛이 내면에 비추리라

잔잔한 호수처럼 고요한 마음으로
세상의 소음을 잠재우면
깊은 곳에서 진리의 속삭임이 들려
영혼의 울림을 일깨우리라

깨끗한 마음은 진리의 거울이 되어
있는 그대로의 모습을 비춰 주리라
자신을 바로 알고 세상을 통찰하며

진정한 자유를 얻으리라

오늘도 깨끗한 마음으로 나아가
진리의 빛을 따라 걸어가리
영혼의 나침반을 믿고
밝은 미래를 향해 나아가리

월강스님

1963	충남공주계룡산갑사로 출가입산
1964	계룡갑사에서 김혜원스님을 은사로 사미계수지
1974	경남양산통도사에서 윤월하스님을 은사로 비구계수지
1976	대한불교조계종총본산 서울조계사입승, 한국승려 청묵회장
1980	동국대학교 승가학과졸업, 부산동래차밭골 금어사주지
1984	부산지방검찰청 상임소년선도위원
1991	부산지방검찰청 동부지청공로패
1994	공동선실천 부산종교지도자협의회 공동대표
1995	부산불교연합회 상임부회장, 부산불교환경운동연합 상임공동대표
2000	부산불교연합회 고문
2005	대한민국 청곡예술문화상
2007	부산시민사회총연합 공동대표
2009	부산선진화시민행동 공동대표
2009	『문예시대』신인상
2010	계간종합문예지『문화와문학타임』 부산동래차밭골문화회 편집상임고문
2017	사)국제PEN한국본부 부산지역위원회 이사
2022	사)대한민국나라사랑단체장연합회 공동대표, 사)도덕 성회복국민운동중앙회 고문
2023	월강문학상 제정 이사장, 사)대한불교종정협의회로부터 대종사법계품수, 국제PEN한국본부 부산지역위원회 수석부회장
2023	부산광역시장 표창장, 부산PEN문학상 작품상
2024	부산동래차밭골동인회 회장 국제문화예술명장 (부문: 선서예 월강체 명장 禪書藝 月江體 名匠) 한국환경보호운동실천연합회 고문

시 집	『차 한잔 듬세』(2021) 『달 그림자』(2023) 『차밭골 사랑』(2024)

일선

1 보림차

차는 진리이며
평상심인데
맛과 향기에 집착하면
차에서 점점 멀어지네

몇 해 전 만들었던 보림차
옹기 속에 숙성되어 맛과 향기 더없이 그윽하여
삼보님과 조사전에 올리옵고
조상님 왕생극락 발원하네

오래된 차 벗이 찾아와
도담을 나누다가
어느덧 해는 서산에 기울고
저녁 종 울리나니

풍류 아닌 곳에
풍류로세

* 민족의 명절 추석을 맞이하여 부처님과 조상님께 맑은 차를 올리
며 도담을 나누는 것은 선가의 아름다운 가풍입니다.

2 미역취 수행자

해지는 석양 금빛 물결
미역취의 바다 찬란하네
파도가 곧 물인 줄 믿고
모래밭에서 금을 일듯이
얼마나 많은 세월 씨름 했던가

산속 동굴의 금은 아직
진금이 아니라
용광로 속에 들어가
천만번 단련해야 하네

사람마다 본래 부처이나
믿음이 충만해야 수행이
시작되고 자나 깨나
화두의정 간절하면 청명한
가을하늘 그대로가 용광로라
번뇌가 바로 부처나니

하지만 다시 한 번 생사의

바다에 들어가 보살행으로
더욱 깊이 단련해야
소반위에 구슬이 구르듯
인연을 따라 자유롭네

* 수행은 본래 부처라는 정견을 바로 세워 선정과 지혜로써 쌍수하
여 확인하고 업력은 점차로 제거합니다

3 해탈

가을비에 단풍이
묵은 가지에서 내려와
찬바람을 타고
다시 길을 떠나네

길에서 태어나 깨닫고
평생 길에서 전법을 하시고
열반에 드셨나니

구르는 곳마다 그윽한 줄 알면
일마다 걸림이 없고
언제나 세상은 만족하여
길이 아닌 것 없으니
기쁨과 슬픔이 없다네

길에서 잠시라도 머물면
죽은 사람이라
머무른바 없음을 깨닫고

처소에 따라 알맞게 머물면

이르는 곳마다

해탈이라 이름하네

* 가을비가 그치고 나니 찬바람이 불고 갑자기 추워졌습니다.
낙엽은 담벼락에 옹기종기 모여서 지난 이야기를 속삭이고 사람들은
저마다 추억 속으로 걸어갑니다.

4 다선일미

거미가 줄을 타듯
비계에 몸을 싣고
찬바람 속 힘차게
망치를 두드리는 멋진 사람

해지는 석양 다실에 단정히 앉아
찻물이 끓는 소리 듣는 고요한 사람

어머니는 품속에 두
사람 기르고 있으니
느리고 빠름
선정과 지혜라
함께 닦으면 자비심 일어나네

눈으로 색깔을 보고
코로 차 향기를 맡고
혀로 차 맛을 알고
손으론 찻잔의 촉감

느낌에 머물지 말고
알아차려야 하나니

거미가 먹이를 순간 포착
알아차려 낚아채듯
위와 아래 좌우
한잔의 차로 양단을 꿰뚫어
회통하고 융합하면
다선일미라 하네

5 고드름

관음료는 천상의 악기
처마 끝에 수정 고드름
햇님이 다가오면
낙숫물 소리 빨라지고
멀어지니 느긋하네

이번 곡은 유년의 추억
초가집에서 들었던 고향의 봄
굳이 소리를 돌이켜 듣지
않아도 아련하고 묘한 곡조라

문득 고드름 줄
끊어지는 소리에 놀라
처마 끝 쳐다보니
햇님이 살포시 웃고 있네

* 겨울이 추워야 된다고 하지만 갑자기 너무 기온이 떨어져 어려운
이웃들이 걱정스럽습니다.

6 동지 지혜바라밀

천 가지 생각 만 가지 생각
얽히고설킨 두꺼운 업장
얼마나 많은 세월 빛을 등지고
어둠속에서 헤매었던가

홀연히 밝은 불성 나타나
하나인 일양이 도래하니
시루떡 위로 김이 모락모락
기나긴 꿈에서 깨어나네

꽃들은 색깔과 향기를 품고
나무들은 저마다 다름을 나투고
해는 점점 다시 길어지고
사람마다 가지고 있는 보배
절로 빛을 발하나니

노오란 모과차의 향기
지독한 감기의 괴로움

덩달아서 물러가니
몸은 가벼워 날아갈듯
봄기운 온몸에 스미네

* 올해는 애기 동지라서 팥떡과 팥죽을 함께 나누었습니다.

7 신 님의 침묵

끝도 시작도 없는 도화지에
일어나고 사라지는 구름들
작가라면 붓을 빌리지 않아도
자유자재로 채색을 더하나니

온 종일 일상에서 떠나지 않아
배고프면 먹고 피곤하면 잔다
처마 끝에 매달린 물고기 한 줄
풍경소리 노래하는 이 뉘시뇨

한순간도 몸 떠나지 않았지만
눈길을 돌이키면 흔적이 없는
있다고 해도 잡을 수 없고
없다고 해도 놓을 수 없는
모든 것이 님이라지만
나는 이제 님이 아니네
님이 님을 볼 수가 없나니
님도 님이 아니시어요

아! 서럽게도 야속한 님이시여

어젯밤 창에 걸린 둥근달
아침에는 까마귀 울음소리
보고 들을 줄 아는 신령스런 한 물건
이것이 무엇인고

알 수 없어라 알 수 없어라
석가도 몰랐거니 가섭이
어찌 전할 손가 !
본래 이름이 없다지만
또한 이것 아닌 것 없구나
이만하면 넉넉한 풍류라서
때때로 님을 부르고 마주하네

8 보림매 예찬

온 세상이 봄이라고 해서
산으로 들로 묻고 찾아 헤매어도
아무도 몰라
그만 쉬고 있는데
봄의 폭풍에 놀란
풍경소리 요란해서
선실을 박차고 따라 나가니
대적광전 앞에 매화꽃
벌써 활짝 웃고 있네

만법이 통틀어서
일심이라는 것을 설하니
이제 만나는 세상이
봄이고
나는
봄이 아니지만
꽃이 피고
물이 흐름을 따르네

*참으로 지난했던 인고의 추위와 업력의 언 땅 들녘에 마침내

9 화엄매 예찬

만법이 통 털어서
일심이라는 것을
각황전 옆에 홍매화
지리산을 대표해서
설하고 있네

이제
만덕의 문이 활짝 열리고
구법의 보현행자
화엄으로 달려가네

* 화엄매가 국가유산 천연기념물로 지정되었습니다. 이어서 다음 달
까지 사진 콘테스트가 열린다는 반가운 소식을 전합니다.

10 불암사 예찬

고사리 장마 틈새를 타고
인적이 끊어진 암자를 찾아가네
한참을 헤매다가 길이 다하니
석벽의 맑은 기운
뼛속 깊이 스며드네

이곳에 눈 푸른 수행자 있나니
올라오던 길 황홀한 진달래
붉은 뜻을 이제사 알았네
깊고 아득한 산이 무엇인가
모든 것이 적정이라네

팔십 평생 수행의 깊은 향기
온몸으로 풍기나니
별다른 말이 필요 없네

* 문경 봉암사 선원개원 첫 안거에서 정진을 하면서 조실스님 시봉
과 다각 소임을 함께 열심히 살았던 시절이 그립습니다.
마침 함께 모시고 살았던 현산 대선사님을 찾아뵈었습니다.

일선스님

80년 송광사
입산
중앙승가대 졸업
제방선원정진
불교문예 등단
불교신문 논설위원
보림사 주지

———————————————— 자흥

1 산청3매 山淸三梅

단속사지 정당매는 강회백의 지목枝木으로
지리산 자리에서 화쟁 역사 이어간다
모주는 고사되고 아지로서 이어살기 수 백 년
산청3매 맏형으로 석탑을 장엄한다.

남사마을 원정매는 단속사를 멀리한다
정당매와 사돈되고 강씨 하씨 가내번창
유생들의 독서당 단속사는 쇠퇴하고
원정매와 감나무는 단속사의 보살이다.

산천재의 남명매는 조식 선조 마음 챙김
천왕봉 바라보며 국태민안 일상기도
서산대사 사명당은 단속사 수행선승
산청3매 향기동류 단속사 재창발원.

2 솔거신화率居神畵

남북국시대 세상 사람들은
솔거 그림을 신화라고 말하였다.

황룡사 노송도
소나무의 가지와 잎이 너무 곱고 아름다웠다,
참새도 제비도 까치도 소리새도.
멀리서 날아들어 쉬어가곤 하였다.

분황사 천수천안관음도
희명보살은 지극정성 기도로서
천수천안관세음 으로 두눈 받아 광명을 얻었다.
지심귀명례 천수천안관세음보살.

단속사 유마상도
"중생들이 아프니 나도 아프다"
문수 유마 침묵 불이법문 석불사석굴암로 이어지고,
단속사 천년 유마상은 지혜 있는 보살행 실천수행
불국토의 대 세상 단속사의 재창이다.

3 황화 코스모스

비우고 가려니 네가 보인다
왜 그렇게
가는 길을 막지 않음에도
가려는 길을 못 가는가.

노오랑 그 색 향기가
내 육식을 당기니
집중해서 살펴
내 마음 너를 보며 향한다.

그러니
마음을 다 열어보라
생각 마음을 합하고
하나만 잡아라.

노오랑 너에게도
멈춤이
너 하나에

20가지 색이 있으니.

마음과 생각을 합하면
내 업 살펴지는데
너를 보고 멈추고 비우니
참회 되는 참 나
내 가 보인다.

4 단속사

어머니,

동짓날 밤 어머님의 팥죽과 동치미 맛이 그리워서
오늘 어머님 계신 요양원을 면회 하였습니다.
코로나 와 독감을 거친 일상이라서 면회도 조심스럽습니다.
무진생으로 용띠생 이지만 갑진년 연세는 99세 랍니다,

어머니는 일제강점기 소녀시절 강제 위안부로 끌러 가지 않으려고
허위 혼인생활로 가정을 꾸렸고 외롭고 혹독한 일생을 살았습니다
역사의 긴 그 고통도 늦게나마 신호적등재로 자리를 잡았습니다.
지금은 가까운 요양원의 생활이지만 그래도 항상 건강한 모습입니다.

지리산 단속사 어머님의 고향이고 자식의 고향 입니다
솔거가 그린 신화 유마상과 신행선사탑비 대감국사 탑비 등.
단속사지 국가사지 조성과 성역화는 조금씩 진행되고 있습니다.
일제강점기 사라지고 없지만 반듯이 복원해야 될 佛 보물 어머니 소원 입니다.

단속사 보물 동서3층 석탑과 당간지주는 천년의 세월을 지나며

수많은 고승과 선비들을 길러서 호국불교 자리를 지켜왔습니다,
한국불교 선종의 초입지요 대승불교의 대 강론장 단속사
나는 그 자리를 이어 지키고 어머니의 정신을 받들고자 합니다.

2023년12월22일 계묘년 동짓날,

5 갑진 신년소망 甲辰 新年所望

迎新送舊一宵間　새로운 날을 맞이하고 묵은해를 보내는 것이 하룻밤 사이인데

流水光陰孰可攀　유수광음을 어느 누가 가히 잡을 수 있으리오

腐敗上無民喜氣　위로부터 부패를 없애면 국민의 기쁨이 뻗어 나가네

淸廉下有世和顔　탐욕 없이 청렴하고 서로 응하여 화합한 좋은 얼굴이구나

三災去卯禎祥享　떠나가는 토끼 삼재를 물고 가니 상서로운 복 누리네

五福含辰往運還　용이 오복을 품고 돌아오는구나

但願鴻溝南北廢　다만 원하는 것은 남북이 휴전선을 폐하는 것이네

同胞邂逅解冤刪　동포 해후하여 원통함을 풀어 없애자구나

*押韻: 間.攀.顔.還.刪.

6 원복원단속사願復元斷俗寺

斷寺惟希復建成　단속사의 복건이 이루어기를 바라노라
衆生極樂祈黎氓　중생극락을 백성이 많이 빌어야 하네
當時構造鞏飛築　당시 구조와 갈이 새가 날아들 듯이 지어야하고
往昔原形鳥革營　지난 옛날의 원형처럼 새가 짓듯이 지어야 하고
舊地還元憚智力　옛터의 환원에 지혜와 힘을 더하고
遺墟確保盡精誠　유지확보에 진심으로 정성을 다하면
明堂天下眞吉地　천하명당 참 좋은 땅에
念佛高僧萬世賡　고승의 염불이 만세에 이어지리라

* 押韻:成.氓.營.誠.賡

7 원 남북평화통일願 南北平和統一

統一平和理自明	평화통일은 자명한 도리이니
分壇蘇美復舊行	소련 미국에 의해 나누어졌지만 예전으로 돌아가
壤京貿易成堯世	평양과 서울 무역 성하여 요임금 태평세상 이루어
陸海通商遂舜氓	육해로 상업이 통과 성취되어 순임금 태평 백성 드디어 이루네
經濟伸張尤發展	경제 신장이 더욱 더 발전될 것이고
産夫創出益繁榮	산업일꾼 창출하여 번영을 더 하니
鴻溝徹毀能南北	휴전선을 허물어 없애고 남북이 함께 이루어
離散同胞邂逅賡	흩어져 나누어진 동포 해후하여 계속 잘 살자꾸나

*押韻:明.行.氓.榮.賡

자흥 조재완

경남산청출생.
조식(남명)13대손,
시대문학동인.수필가.
산청문인협회회원.두류한시회회원
현.지리산 단속사주지

지우

1 창조주

어디서 왔나
탱글탱글한 피부
멋진 머리카락
건강한 살
맑은 눈빛
하얀 이빨
귀한 얼굴
튼튼한 다리
멋진 몸
어디서 왔는가

누가 만들어주나
뼈와 근육들
세포와 신경들
무량한 정신 활동
하루하루 움직임
단단한 머리통
판단 기획 창작

활동의 에너지
누가 만들어주는가

그대 이름은 똥
할 일을 마치고 떠나는
당신은 창조주

당신 덕분에 오늘 하루를 삽니다
숨을 쉽니다
당신 없이 내가 어찌 존재하겠소

당신의 참모습 모르니
얼굴에 침 뱉어요
더럽다 인상 찡그려요
내 몸은 온전히 당신이 만들었어요
당신 덕에 마음이 일을 해요

無知者 경시하는 그대
깊이 보면 나의 원천이거늘
매일매일 먹듯이
매일 잘 나가야 하는 님

그대 없으면 나도 없소

존귀한 그대
먹을 땐 쪽쪽 빨아 먹고
나갈 땐 더럽다 여기니
이 또한 無明

무명은 이 세상에서
가장 무서운 녀석
독한 악행을 하게하고
明은 멈추게 하나니
오늘도 방일할 수가 없나이다

2 野生 차나무

어느 야산 골짜기
하루하루가 모이고
오랜 날들 뿌리와 잎이 합주된 야생 차나무

흙 사이사이
돌멩이 사이사이 돌고 돌아
뚫고 뚫어 들어간 야생 뿌리

깊이깊이 곧게곧게
쭉쭉 뻗은 뿌리
연푸른색으로 기운을 피워 올린다

신묘한 기운 땅속 약물
모으고 모아 밀어 올리나니
地下기운 地上기운의 절묘한 만남이라

天地 허공 비바람
찬기 온기

머금어 뽈스런 잎을 틔운다

소중하게 한 잎 한 잎 따서
禪茶로 새롭게 살아나
이 몸에서 또 피워 올린다

禪緣으로
禪香으로
禪智로 열려 간다

지상의 나무 키 만큼
지하 뿌리의 키가 있으니
신비하고 특별한 야생 차나무

오랜 날들의 정성만큼
내가 차 님을 대하는지
님을 마시고 그 뜻에 부응하는지
어떤 정신으로 사는지 反照합니다

스스로에 매몰되면
빠져나오기 쉽지 않나니

무명에서 明이
어찌 쉽겠나이까

3 버리는 기쁨

아이고 시원하다
와 시원한 거
줄 줄 잘 나간다

세상에 이렇게 시원할 수가
버리는 기쁨 이렇게 좋을 수가
안 나가면 죽어요
못 나가면 미쳐요
터질 것 같아요

빵빵하던 아랫배
시원하게 잘 나가네
안 나가면 괴로워
어린이나 어른이나
줄줄 잘 나가야 한다
먹고 나면 싸고
또 먹고 나면 싸고
먹을 때마다 싸야 한다

때로는 귀찮기도
안 쌀 수도 없고
먹는 행복 싸는 행복
줄줄 잘 싸야 한다
못 싸면 죽는다
잘 나가는 님 고마워
들어 왔으면
잘 나가야지

먹어야 하는 고통
싸야 하는 고통
그 길은 도도히 가야 할
고통의 성스러운 진리
그 길을 어찌 멈추랴
멈추는 날 가루된다

4 치유 행복

정녕 행복을 원하는가
참으로 치유를 바라는가
험난한 길이다

그 길은
인내
참는 힘

존귀하신 분은
알려 주셨네
칸티 빠라망 따뽀 띠띡카
인내가 최고의 수행이다

사바는 인토
결혼 인생
수행 인생
사업 인생
인욕바라밀 없으면

작은 구멍에 둑이 무너지듯

지혜 증장을 바란다고
전법을 하고 싶다고
견딤 없이 되겠는가

5 깨달음

깨달은 자
되고 싶다고

보이면 보이는 대로
들리면 들리는 대로
맛보면 맛보는 대로
느끼면 느끼는 대로
아는 마음 아는 대로

보일 뿐
들릴 뿐
맛볼 뿐
느낄 뿐
알 뿐

생각하면 생각하는 현상
오면 오는 현상
가면 가는 현상

아프면 아픈 현상
늙으면 늙는 현상
죽으면 죽는 현상

먹으면 먹을 뿐
웃기면 웃을 뿐
화나면 화날 뿐
싫으면 싫을 뿐
좋으면 좋을 뿐

순간순간의 현상에
깨어 알아간다
또 알아간다

멈춤 없이 앎이니
고통 멸하는 길
간다

조건 따라
生하는 현상
滅하는 현상

알고보고
알고보고

수억만 번
앎의 쌓임이
지혜로 피어
결국 뚫어내리

6 不染萬境의 길

일체처 일체시
수많은 경계에
물들지 않는 이 되고 싶은지
진정으로 그런지

보임
들림
먹음
씹음
생각함

일어남
걸음
앉음
누움
잠
깸

말함
들림
사유
통찰
明知

일체 현상들의 生滅
비추어 봄

일체처 일체시
수많은 경계에 물들지 않는 이
진정으로 그 길로 가고 싶은지

7 0과 1947

0m와
1947m

0m엔
물이 출렁출렁

1947m에는
白雪이구나

제주 바다의 거대한 물
한 겨울 산의 신비한 눈들

本性은 不二이나
조건 따라 천차만별

眞空과
妙有의 현묘한 이치

깊이 체달하여

사는 곳곳마다

무량한 화신
傳法의 雪花를

나투시고
나투소서

지우스님

현대불교문예 〈마하야나〉로 등단,
대한불교조계종 제16대, 17대 중앙종회의원,
대한불교조계종 교육원 교육부장,

──────────────────────────── 지원

1 봄날 오후

아지랑이 아른거리는 봄날
나른한 춘곤 밀쳐내고
감춰 두었던 옛사랑
스멀스멀 피어오른다

헤어지자는 말 한마디 없이
겨울 가듯 떠나간 님
고이 적어 놓은 가슴의 약속
여전히 수줍게 콩닥거린다

발그레 달아오른 꽃망울
활짝 필 그날 기다리며
아직은 앙상한 그늘에 앉아
아련한 님 살며시 품어본다

2 불구부정

밭에 뿌려진 똥냄새
코끝 찌르고
투덜투덜 잔소리 늘어놓는다

아차!
내 몸에서 나온 것인데
반야空! 십 년 공염불

똥 먹고 나풀대는 상추
맛있겠다 무참히 뜯어오며
불살생을 운운하는 모순

중얼거리는 공염불
空으로 알아채는 이 있어
오늘도 불구부정 부증불감…

3 봄날의 사연

나무에 피는 연꽃
木蓮!
흐드러진 사연 모르니
나의 사연 꺼내볼 수밖에

꽃에 앉은 새들은
제 사연으로 수다 떨고
꽃에 흠뻑 빠진 가슴
내 사연으로 수다 떨고

같은 봄볕 아래
각기 다른 사연 알 수 없으나
너도 예쁘고 나도 예쁘니
목련을 사랑이라 부르고 싶다

4 올챙이의 해탈

알 수 없는 생존의 비밀
혹독한 겨울 지나간 연못

경칩이 되기 한참 전에
개구리들이 알을 낳더니

꼬물꼬물 헤엄치는 올챙이
파랗게 탁한 연못 청소를 한다

물이끼 다 먹은 올챙이
개구리 되어 뛰쳐나올 때

나도 번뇌를 다 먹어치워
부처가 될 수 있을까

올해도 개구리 뛰는 풀밭
나는 잡초와 씨름하겠지

5 기다리지 않는 망부석

흘러가는 시간
잊혀져가는 기억
거센 세월의 강물에도
떠내려가지 않는 그대

매번 한참이 지나야
그렇구나 새삼 알게 되는
그대의 마음 씀씀이
떠나보내지 못하는 이유

행여
님이라 부르면
저만치 달아나 버릴까
내 안에 몽땅 가두어 버릴까

기다리지 않는 망부석 되어
그대 오지 않는 언덕에서
고마움의 씨앗 뿌려
매년 봄꽃을 피워 보렵니다

지원스님

충남 보령 生
선암사 출가
부여 소소암주지
가수. 승무

———————————————————— 진관

1 봄비

봄비가 내린다.
지난 겨울날 떨고 있던 나무들
서로의 얼굴을 마주하고 있을 몸들
부끄럽게도 수줍음을 타는 이들이
가장 먼저 미소를 보인다.

미래를 향해 오르는 것들도 슬프려니
원망을 하는 이들이 없는 들판을
서로를 시기하고 미워하는 이들의 장난
그렇게 미련을 버리면서 살아간다.

슬픔이란 것들은 모두들 떠나가 버리고
이별에 울고 있는 이들의 사연들만이
절망하면서 두려워하면서 서로를
직시하며 노래를 부른다.

아무도 오지 않는 텅 빈 방에서
임자 없는 이들의 무덤만이 보인다.
있는 것도 없는 것도 다 통하는 봄비
봄비를 맞으면서 잠을 청한다.

2 푸른 옷 입고 오는 바람

푸른 옷 입고 오는 바람이다
아무것도 기대할 것이란 없는 것인데
그렇게 계절은 푸른 옷 입기를 좋아한다.

손을 내 밀어다오
손을 내밀어 어둠 속에 빛을
그리움에 밤이 되게 해다오
오늘도 내일도 기다림도 없는 암흑 속

누가 오는지도 모르면서 떠나는 이들
풀벌레 소리만이 소리높이 우는데
산은 저 멀리에서 바람이 된다.
푸른 옷 입고 오는 바람이 좋다

어둠이 밀려서 왔다가 떠나가는데
어둠은 아무런 말도 없이 왔다가 간다.
줄기가 곳은 것은 오래 가지 못한다.

3 창문 밖에는 누가 있기에

창문밖에는 누가 있기에
비바람이 소리를 지르며 달려가나
한번 떠나가면 인과를 믿지 않아
믿을 수 없는 것이 정법인데

쇠를 녹여서 구름을 모운다면
구름은 쇠가 되어 녹아내리는 용광로 속
핵무기를 누가 먼저 만들었나.
칠흑같이 어두운 불길 속에서도

살아남아 있어야할 인연이 고리를
천만년 억만년 창을 흔들었듯이
진달래는 그렇게 피어나고 있구나.
창문밖에 어둠이 밀려서 오면

지친 이들이 손을 들고 일어나
항복문서를 장식하였다.

4 보이는 저 하늘

보이는 저 하늘
구름이 일어난다.
코끼리 새끼가 구렁에 빠져
신음 소리를 내고 있는 오후
이름 없는 새들이
날개를 접었다

겨울에 눈물을 하도 많이 흘리면서
얼어붙은 몸뚱이에 주름진 얼굴
아무도 없는 빈방에
피리 부는 새들만이 날고 있구나.
등줄기 흐르는 땀을 닦는 손
기와지붕 위에 빗방울이 떨어진다.

5 언덕을 장엄한 푸른 소나무

포탄이 쏟아진 언덕위에 푸른 소나무
용케도 살아서 푸름을 노래하는 날
조선이란 이름을 그토록 지키려는
소나무야 너는 알고 있느냐

피 흘려 쓰러진 강물위에 떠 있는 배야
어디를 향해서 가려고 하는 것이야
조선이란 이름을 소중히 간직하는
소나무야 너는 알고 있느냐

피바람 몰아쳐 신음소리 울린 들판에
말굽도 멈춘 날 잠을 청해 보련다.
꽃피어날 계절을 그리워하는 마음
소나무야 너는 알고 있느냐

6 솔방울에 맺혀있는 물방울

솔방울에 맺혀있는 물방울 하나
천상에 옥구슬 옷을 입고 있는 소리
어둠이 오면 어디로 가려느냐.

 무지개가 옷을 벗어 던지고
소나무 가지 끝에 매달려 있는데
천지개벽을 외치는 이들의 손끝
하늘을 원망하는 자들에게 죄가 있나니
하나의 작은 일들이라고 해도
상처만이 남아있는 이들
그들의 상처를 씻어주어야지
누가 씻어주지 않느냐고 외치면
시인들이 섬기는 하늘이 있듯이
솔방울도 하늘을 섬긴다.

솔방울만 한 존재가 있다면
그것은 우주의 솔방울이라고
큰 소리 치면서 울자구나

진관 **291**

7 밤이 깊었는데

밤이 깊어 봄비가 내리는 들판이다.
까마귀가 집을 건축하고 있는 것을 보았다.

임진란이 일어나던 날에도 까마귀는 집을 지었다
개구리가 알을 낳으려는 몸부림을 치고 있구나.

무지개가 다리를 만들고 있는 백두산 천지에서
온몸을 씻고 또 씻는 작업을 하고 있는 것은
시간의 벽속에서 벌거숭이 알몸으로 잠을 청하는 순리

법흥사 법당에서 승군 총본부로 명명했다
서산 스님을 승통으로 임명했다.
조선에서는 오직 승군 만이었다.
솔방울 울타리에 집을 짓지 못하는 밤이다.

바람이 불어오는 길목에서 바라보았다
백두산에 호랑이가 외치는 소리 같은 꽃
온 천지에 피어오르는 꽃 등을 친견해야지

내일 밤에도 비가 내리는 것을 알 수 없지만
피 흘리는 산천에 내리는 비를 맞으니 참 좋다

심장에 남아있는 피의 줄기를 붙들었다
삼각산 중턱 위에 바위가 되어 있으면
천지를 달려도 만리를 달리는 백마같이
온 산에 내리는 비가 내일을 지키리.
밤이 깊어오는 이 순간에도 눈물이 나네.

8 하찮은 일에도 흥분하는 이들

하찮은 일에도 흥분하는 이들
바다가 변하여 농토가 되었는데
그것도 모르고 잠을 청하나

나의 존재는 거미
이름 없는 새가 되어
어딘가로 날아가는 뱀

산위에 올라가는 등산객처럼
돌팔매질을 당하는 이들도
어둠이 오는 길에도 태양이 솟아
물줄기를 붙들었다

누군가를 무시하고 경멸해도
변함없는 이름을 기억하자구나
설움에 지친 이들이 나를 부르네.

9 행복의 길도 없는 무덤

행복이다 거짓이라는 말이 난무 한다
풀피리를 불고 또 불어도 소리가 울리지 않는다.
산위에는 구름이 일어나고 있는 것도
그저 바람이 일으키는 병이라 했다

이 모든 것이 행복을 위해 있는 것이라
그것은 바로 은어가 고향을 찾는 물줄기
고향으로 돌아가는 것은 행복을 위함이다
무덤을 만드는 것도 신라 국왕의 무덤

그런 무덤을 만드는 것도 행복이여
바람이 몰려오고 있는 산등을 후려친다.
허수아비도 소리를 지르고 있지만
그것은 바람이라는 사실을 아는가.

언제 폭발음이 터질지도 모른다.
백두산 산상봉에 구름이 피어오른다.
피리를 불면서 소리를 지르는 등불이여

나무뿌리로 만든 쇠망치는 숨을 숙이고

기름을 부어 불 지른 죄인의 몸
행복의 길을 가려는 이들이 무덤
그것보다도 더 무서운 북이 울린다.

10 105주년의 아침

기미년 3월 1일 아침이 왔다
만해 용성 스님이 참여한 민족 찾기 선언하던 날
그토록 다짐했던 날이 왔다
수레를 몰고 가는 날에도
진애 같은 발등을 붙들고
눈이 큰 망아지의 엄마 찾는 소리

얼마나 다정했던 숨소리
하늘밖에 구름이 되어
무지개를 타고 오르는 태양
백두산에 눈송이가
소리를 지르고 있을 때처럼

105주년에 대한 역사를 회복하는
그날에 우레 소리가 울리는 아침
백두산 태양은 미래를 향해 오르는 구나

3.1절 날 점심을 먹고

그날에는 소리도 지르지 못했다.
일본 순사의 칼날에 목이 달아나는 신세
그래서 아무도 말 못하고 있었다.

말을 하면 죽음으로 가는 법
만국의 법은 백성을 지키는 법인데
말을 하지 못하는 법은 법이 아니다

점심을 먹고 나니
눈에서 눈물이 난다 진달래 같은 눈물이
온 산천에 뿌려진다.
그것은 바로 민중이 주인이고
민중이 되는 세상을 만들려는 날
온 나라에 바람이 불어오는
사마귀 같은 이빨로

진관스님

문학박사, 철학박사
1976년 시문학
1982년 현대문학 시조
문학공간 시 추천위원
한국문인협회 회원
국제 팬클럽 한국본부회원
불교인권위원장
무진장불교문화원장

탄탄

1 만어사萬魚寺

인생길 뒤 돌아보니
산 너머 산 이었어
고개 너머 또 다른 고개였어
구름 아래로 보이는
산봉우리 바다
섬처럼 모여
늘 새로운 세상을 꿈꾸었다네

용왕님의 아들
사바세계의 백성 물고기들
떠나온 바다 그 바다를
잊을 수 없어
만어산 구름바다를 헤엄치고

물고기 떼처럼
중생들 산을 오르고
새벽에도 마음 모아
만어산 부처 만나려

물고기 바위 두드리면
저 마다 울림소리가 달라서
다른 소리로 울려 퍼진다네

미륵불 빙그레
미소 지어 환히 반기는
그 날이 오면
오랜 잠에서 깨어난 듯
용왕님 아들도
세상의 물고기 중생도
모두가 부처가 되어
한 소식을 이룬다했지

2 부적

붉은 경면주사 기름에 잘 저어서
최면을 걸듯이 주술을 걸며
토살을 막고 집안을 평안케 하려
'제 오방 살토부'를 그리네
삿된 마음 삼가하려
부정한 뜻 멀리하려
하늘과 땅 사이에서
숨통이나 좀 트이라고
가뭄에 단비 같고
수어지교水魚之交 물 만난 고기 되라고
모든 것이 화평하라고
심혈을 기울여
호당 10만원은 받아야할 그림 아니 부적을 그리는 아침
혼신을 다하여 그려보는
명작이고 수작인 한 장의 부적
명망 있는 작가의 덕지덕지 유화보다 기품 있는
손 수그린 부적 한 장
누군가에게는 큰 위안이 되고
또 누군가에게는 의미 없겠지만,
이만 한 정성이면 안 될게 또 무어람

3 시들은 꽃

왜 사람들은
활짝 핀 꽃의
아름다움만을 말하는가
난 시들은 꽃이
더 아름답더라
일찍이 약관의 나이였지만
핀 꽃보다
시들어 처진 꽃에서
미학의 극치가
내재되어 있음을 깨달았다네
시들은 꽃
들판의 꽃
미의 절정이 숨겨져 있음이여
내 어머니의 쭈글쭈글하여
축 처진 젖무덤을 보라
시들은 꽃이여
그 아름다움이여
아~내 엄마여

4 음풍농월吟風弄月

바람이차고 시린 하늘의 초승달

계절을 넘어 바람을 노래하고

달을 희롱하던 잔치판에서

이제야 슬그머니 발을 빼내니

희희낙락 주지육림에서

싱싱한 몸뚱이를 더 탐할 수는 없었네

문이 없는 무문無門에 든지도

어언 백 여일

문득 어두운 마음이

한 순간에 훤히 밝혀지니

바람의 소리를 볼 수 가 있네

하늘의 달을 보며

억하니

할喝과 방棒이 자유자재自由自在하네

5 창가

육자배기 가락 자지러지는 선창가
고향을 등진 큰 애기 달 보면 운다
저 달이 고향집 대추나무에도
걸려 있으려나
내일 모레가 보름인데
달빛은 마냥 곱기만 하여라

6 그 바다

뭇 중생의 눈물이어서
짠 물인 바다
그 바다에는
늘 위엄 있어서
설움이 만든 그 바다여서
그 안에서 펄떡이고
헤엄치고
내가 만든 그리움
그 바다에 가 닿으면
언제나 내안에서
헐떡이며
숨을 쉰다

7 화두話頭

병속의 새를 꺼내야 했다
병을 깨지 않고
새를 다치게 하지 말며
휴지에 스미는 물처럼
시간은 속수무책으로 번지는데
억겁의 세월동안
숙제를 풀지 못해
세세생생 이 노릇이던가
새는 아직도 병속의 새인데
퍼덕거리며 더욱 몸부림치네
생각을 헛디뎠다
번뇌가 머물었던
시간들은 속절없이 흘러만 가고
내가 본 병속의 새는
사라지지 않고 또 아침이다
병속의 새는 다시 파닥 거리며
어서 꺼내라는 듯
분명 들어간 병 주둥이는

더 적어지고 줄어든 듯
인생은 병속의 새인가
꺼내 달라고 늘 파닥거리는

8 오지게 비가 온다네

번쩍 번쩍 우르르 콰쾅
천둥 번개 요란이 치던
간밤에서 부터
여름 장마가 시작 되었다네
봄철, 가을철, 환절기, 간절기
난 장마철이 너무도 좋더라, 신나더라
민주화 운동 유공자는 아니지만,

6월 이맘 때 거리의 투사로
꽃 병든 전사로 혁명을 꿈꾸며
활보하다가
명동성당 앞 이었나
을지로 였나
백골단 곤봉에 세차게
가격당한 등짝을
구들에 뜨듯하게 지지고

생오이에 잘 삭힌 엄마표 고추장 찍어
서울 장수막걸리도 한잔만 하고
브라운관속 온갖 미녀들

다 차지하여 대자로 누우니
신선놀음이 따로있나
깜빡 잠시 잠든 꿈속에서는
삼선 국회의원쯤 되어
고향의 피붙이들에게도
간만에 사람 구실 좀 하였고

하루 종일 찾는 이 없어
한가해지니 오지기만 한
장마철 인데

개었다 흐렸다가
변덕이 오뉴월 팥죽 쉬이듯
변화무쌍하여도

이 계절 이 한가함은
오지기만 하다네

인간지사 별 내용 없고
염치도 없는 한물간 퇴물들
공식 대면 할 이유도 없어
참 오진 철이 아닐 수 없다네

9 인사동거리에서3

–나무 한그루–

이슬비 내리는 날 인사동 어귀

장생호 라는 상호의 골동품 가게를 들렸다네

아주 작은 오래된 목제 서류함이

눈에 들어 가격을 물어보니,

150만 원이라네 땅 문서나 귀중한 간찰을 넣어 두었을

손 때 묻어 반질반질 윤기가 나는 나무함은 몇 년 전에도

일금 150이었던 기억이 있다

우산도 없어 비를 좀 맞고 지나 던 길 여러 번 가격이나

묻던 비 맞은 중 몰골이 애써 측은해서인지

묻는 물건의 가격을 열심히 답해주던 여주인에게 미안한

감정이 앞서 성급히 나오며

나는 이 세상에 어디에다 나무 한 그루를 심어 놓을까를

또 연구한다

목질木質이 좋아서 가구를

만들면 수 백 년의 세월이 지나고

어느 거리에서 이 처럼 손때가 묻어 죽어서도 천년 쯤 가는

주목 나무 혹은 오동나무

허공에서 내리는 비를 충분히 축축이 맞으며 무럭무럭

세월을 이겨내고 거침없이 자랄 그 나무 한 그루

백년은 나무로 또 천년은 가구로

생존 할 그 나무 한 그루처럼

오래도록 꿋꿋이 버티고 볼 일이다

잠시 머물다 가는 인생사여서

거리를 떠돌며 만보쯤 무작정 걸으며 생각해 본들

세상에서의 한시적 삶은 너무 짧음이다

이미 시작되어진 존재의 상실은

서글퍼져 오늘 하루도 영원을 꿈꾸지만

볼을 타고 내리는 빗방울인지 눈물인지

짭쪼름한 소금기 서린 물방울을 맛보며

오늘도 오래도록 주위의 사람이 두렵거나 그립거나

한동안 버려둔 몇 시간 째 어두웠던 방으로

살며시 스며들어 어느덧 혼자 남겨진 세상속의 빗소리에

작은 희망의 아주 작은 나무 한그루를 내 마음 깊은 곳에

정성껏 뿌리 내리게 한다네

세상을 향해 언제나 늘 그래 왔던 것처럼

이미 그 나무 한그루는

지금 이 순간부터 무럭무럭 자라고 있다네

그대의 가슴 언저리에도

10 술 나라 임금님

인생은 다 술이야
모든 게 술처럼 아름다워
짐이 태어날 때 선왕께서
보위를 이을 짐의 탄생을
경축 하느라
온 나라 술잔치를 하였느니라
술은 술을 부르고
술은 술이었던 게지
눈보라 치는 겨울 밤
천둥 번개 요란 하여
비바람 몹시 불어
잠 못 이루며 마시던 술
힘들고 어려운 고비
그 숱한 고비를 넘기거나
잊고저 밤새워 마시고
내 죽어 지구와 경卿들과
이별 하는 날도
마셔야 할 술

술이 있어 행복했던

술이 술을 부르고

행복한 술 제국을 다스리고

온 나라 술 나라를 여행 하거나

이 전쟁이 패하거나

승리 하거나

인생 다 마치고 나면

나 술시에 술이나 마시며

슬쩍 떠나가려고 하니

온 나라 백성들이여

슬프는 말고 적당히

적당히들 마음껏 푸시게나들

탄탄스님

전)불교중앙박물관장
전)조계종총무원 호법부 조사국장,상임감찰
전) 용인대 객원교수

대불대,충북보건과학대,용인대,동국대에서
예술경영,국악이론,동양무예등을 강의하였으며
현재 동국대 캠퍼스로 15년째 출강중임

해성

1 인생 여행

바람 날개 기대어
흘러가는 구름에
세월 속 사연 싣고

공허한 마음자리
다독이며 달린다

창문 밖 비치는
희로애락의 풍경

꽃날개 흩날리며
쉼 없이
활기찬 내일을 향한다

내릴 수도
멈출 수도 없는 여행
우리들의 인생여행

2 휴대폰

손끝 따라 눈 맞추는
삶의 길

정보의 지식으로
자양분 가득 모아

싱그러운 추억
마음속에 걸어 주고

잊었던 기억 찾아
채워주는 넉넉함

오직 너만 바라보며
절친으로 접수하는
고마운 친구

3 바위

아침 햇살 머리에 이고
허공에 떠 있는 산마루 바위

세상의 주춧돌이 되라
두 손 모은
어머니의 기도처럼
굳은 의지 흔들림 없고

시간 지나도 영원한
부동의 모습
눈물 머금으며 견딘
온갖 고난

구름 속에 실린
천년의 마음
숭고하시다

세월이 흘러도

바위처럼 변함없는

그 모습

그 모습

4 목탁

산속
고요한 산사

서원의 밧줄 부여잡고
무릎 꿇은 애절함에

또드락 똑 똑 똑
터질 듯한 가슴
홀연히 비워낸다

끊임없는
생명의 소리로
간절함을 안아주는
소리

온 몸의 상흔에
거룩한 위로가 되고

굳게 닫힌 가슴에도
날개가 되고

5 벗꽃의 향연

모진 눈보라 이겨내고
햇살 아래 숨겨둔 꽃망울
살포시 고개 내민다

가지마다 꽃눈 피우니
손 흔들며 온 몸으로 춤추는 향연

어느새 꽃비 되어
땅 위에 쌓인다

사람들 지나가도
아픔 잊은 그 모습

평화로운 꽃잎에
피어나는 삶의 향기
영원히 아름다워라

6 사진

금색 물결
베고 누운 바다
갈매기의 다정한 손짓에
춤춘다
부서지는 파도소리에
마음속 번뇌
선잠 깨어 떠나고

돛단배 안고 떠가듯 하니
긴 시간 흘러도
변함없는 그 향기

두 손 꼭 잡고
거닐던 바닷가

추억의 나래 펴고
꿈속을 날은다

7 계곡

봄바람에 수줍은
연분홍 진달래

일렁이는 풀 향기
가슴으로 안고
산길 오른다

돌 틈 사이
물줄기 하나
세상의 시름 모두 씻어주고
고달픔 다독이며
유유히 흘러간다

혼자라도
혼자가 아니라서
따뜻이 나누는

흐르고 흐르다가
저 먼 바다
물결로 나 만날거나

8 미소 짓는 무덤에 앉아

먹구름 사이 내민 햇살인 양
아버지는
나뭇가지 흔들어 주는 바람
가슴으로 불러보는 나의 아버지여

백팔염주 목에 걸고
세파에 기둥 되라
삶의 향기 전하시며
피안의 언덕 넘어가신 아버지

아버지 뒷모습에 가슴적시며
흔적 세월에 묻어두고
현충원 묘소에서 미소짓는
아버지 숨결
무언의 속삭임 나누다가
불어오는 바람이
내 뺨을 스칠 때

보고 싶어 뚝 뚝 뚝
떨
　어
　　지
　　　는
눈물 눈물 눈물 한방울

9 민들레

외로운 길모퉁이
깊은 잠 깨워주는
빗방울의 소곤거림

살며시 손 내미는
수줍은 햇살

차이고 밟혀도
푸른 하늘 우러르며
피어나니

임 향한 그리움
노랗게 갈무리하고
어느새 홀씨 되어
허공을 날아간다

해성스님

대한불교 조계종 광림사 주지
사회복지법인 연화원 대표이사
출가본사 석남사
2017 시와 수상문학 시 부문 신인상 수상
2022 시와수상문학 시 부문 문학상 수상
2022 이진호박사 "좋아졌네" 문학상 수상
2023 시와 수상문학 수필부문 문학상 수상
한국문인협회.한국미술협회 회원
국립국어원 불교수화 편찬위원,
한국음악 저작권협회 작사회원, 한국음반 산업협회 회원
【저서】
시집 하얀고무신, 어머니의 풍경소리.
오늘 내 마음이 듣고 싶은 말, 행복의 나루터,
자비의 수화교실, 불교수화 용어집
소리의 향기 찬불가요 음반4집 간행
붓다의 향기 정근송 4집 간행

현중

1 인연

우주만물 생성
미혹의 고해 업식증장
생사는 독한 나무 같지만
깨달으면 법신의 과

종자가 인이라면
노력이 연이라
선근종자善根種子뿌려
좋은 열매 얻으리

한 소식을 몸소 찾아
일체지의 보배 얻어
인연소생 일체중생
인연화합 유작이라

2 사도師道

세상이 몇번인가 곤두박질 치고
가치관이 뒤바뀌어 어수선한 세상
야누스의 두 얼굴처럼 양면속에
선과 악이 등을 대어
기쁨과 불행으로 몸부림치는 중생

캄캄한 암흑속에 머물다
환한 밝음이 값지게 느껴질 환희
구도의 사이클을 맞춰
골구로 조화 있는 통불교적 수행
선교겸수로 세간과 출세간의 원융

승속을 초월한 선견지명 속 선험철학先驗哲學
선교원융사상을 훈습 받아
승속일치僧俗一致 대보살

3 다약茶藥

혼침을 제거하고
열뇌를 식히는 법수法水
마군을 항복받는 세척제洗滌劑로
사명을 다해
불신자佛信子 주리고 목마름 해소시켜

혼침병 치료하는 감로수가 되어
마군의 구름병 씻고

서기를 내어 청정을 얻을
진리의 맑은 차마셔
다생업구 소멸하리

4 도량道場

광란의 소음 난무
아수라의 쟁송爭訟이 요동
나만 옳고 남은 그르고
내 것만이 제일이고 다른것은 못되었다

능라비단으로 몸을 감고
쥬리아로 몸을 단장하나
탐욕진애 우치범람 우주

아름답게 잘 꾸며진 청정 도량道場
속티 벗은 범종소리
그윽한 향연
청아한 염불 가슴울려

법계에 두루하여
어두움아 부셔져라
인생의 밝은 화음
청운의 기백 배워

한 폭의 산수화속에
번뇌 끊고 지혜길러
법수法水뿌려 법의 향기
진동 속에 자성을
반조하는 삼매

5 불당

무주진주처無住眞住處를 떠나
끝없는 생사의 바다 유랑인생
생각을 쓰는 재주 범부중생
정든 집이 그리울 때

제불성현 안식처
전법도생 구도처에서
찬란하고 호화롭지 않아도
두 다리 쭉 펴고
주리고 목마름을 면하여

세상사람 태어나기 어렵고人生難得
바른 법 바른 깨달음 얻어佛法難逢
만물의 영장 평안 누리리

6 인연으로 기억하여 가는 길

톱니바퀴 물고 물리듯
흐르고 있는 삼세의 인연
고해 같은 세상사 길손
손 내밀어 누구가의 좋을 만남이 되어야
행복이 전달되랴!

변해가는 현실을 바라보며
인연생멸 일러
인과를 새기리

실상에서 오고가는
끊임없는 연속
기억 속에 머물다
기억하여 떠올리고
무심히 다녀가는
과거와 현재가 묻어나는 여행객

밀물처럼 쓸려와 자리하고 앉아

세월의 자리를 내어주게 하더만
어느새 썰물로 흘려
흔적이 메말라 버린 공허

덮어버린 기억
다름만 머물 뿐 선연한 자국

7 마음을 남겨둔 길

쫓기듯 살아도
종종 뛰는 발걸음만
지친마음 무감각한 시간

이즈음 시대 맞춰
로봇여래 오시면
물질주의에 휩쓸려 다니다가
지쳐버려 풀죽어 있는 중생들에게
리모컨으로 깨우침을 설하신다면
환희심으로 영접 되려나

8 보이지 않는 길

우주 끝머리 어디쯤 빛이 보이다가
암흑이 되었다

느낌으로 밀려오던 힘
영혼들의 나들이런가 느낄 때

들꽃들이 눈언저리에
머물다 사라진다.

세속의 분별망상 떨치고 유유자적하며
초탈한 삶을 살아

깊고 깊은 숙연
필생의 과업을
걸림 없이 능사필 해야 한다.

9 오키나와 하늘

화살표 방향 바다길 따라
지평선 저 멀리 그리운 고향 바라보며
고통 고초 속에 눈물 흘렸을 님들

일본 땅을 지키는데 희생제물 되오시고
원통한 죽음으로 한많은 생을 마감했을
슬픈 수난의 길

우리 님들의 허무한 죽음위에
뒤늦은 애통으로 대신하며
새겨 밝혀 지이다

영령들이시여!
님들이 그리시던 조국 대한민국
님들의 희생으로 우리가 누리고 살아
이제 밝혀 모시오니
바람으로 오시어라

10 아집의 구름 길

혹하나 달아 구름속 헤맬때
해결해줄 보조원이 필요해
두리번 찾아보네

길을 보여주고
빛을 비치고 있는 님은 있지만
자신만이 해결책일뿐

믿고 그길과 빛을 이용하여
혹덩이 아만을 벗어버리고
내면을 관조하면서
밝혀보아야 구름이 걷히리

자력으로 밝혀가는 길
진리를 묻는 행자에게 부처를
변소치 막대기라 윽박지르는 조사님
진리란 언어나 이론으로
표현할 수 없는 암시

어딘가에 집착되어 있는 아집
인간의 혹 가운데
아집의 혹이 가장 질기다.

아만속 아집 혹덩이 떨치면
부처 다가와 이루어지리

현중玄仲 스님

청정사 회주

한국사진작가협회 정회원

대한민국시서문학시인

유네스코 중요무형문화유산 영산재 전수자

서울구치소 교정협의회 부회장

불교환경연대공동대표

한국불교태고종 전국비구니회 회장

한국불교태고종 경기동부교구종무원장

혜륜

1 미소 관음

기도하는 엄마 곁에 무릎 꿇은 우리 남매
참느라 애가 타도 살이 찌는 방귀 알들
큰스님 목탁에 맞춰 뽕뽕뽕 솟아났네

방귀는 내가 뀄는데 엄마 얼굴 빨개요
기도가 끝이 나면 잔소리 비 오겠지
큰스님 오늘만은 기도 오래 해주세요

〈후렴〉
우리 엄마 빨간 얼굴 가라앉게 해주세요
걱정 마 자알 될거야 미소 짓는 관세음

2 수평선과 평행선

우리 엄마 소원 하나 금쪽이 우리 새끼
건강하고 공부 잘 해 전교 일등 기도해요
내 꿈과 엄마의 소원 평행선이 안 돼요

엄마의 기도 따라 나도 소원 빌었어요
우리 학교 야구선수 사번 타자 꿈이라고
내 꿈과 엄마의 기도 수평선을 달려요

3 당근

동물원 구경 가서 조랑말을 보았어요
말보다 키가 작아 망아진 줄 알았어요
엄마가 하시는 말씀 당근 안 먹어 작단다

당근을 먹이려고 하신 말씀 다 알아요
먹기 싫은 당근 요리 엄마 몰래 뱉었어요
키 크면 싱겁다는데 키만 커서 뭐해요

4 대나무

법당마다 부처님네 좌선에 드신 밤은
댓잎들도 합장하고 묵언기도 정진한다
새벽녘 바람이 일면 다라니를 외운다

수리수리 마하수리 수수리 사바하
낯이 선 언어들이 탑돌이 하고 나면
동자승 잠을 깨우는 죽비소리 딱딱딱

5 동자승의 하루

염주알 방울목탁 높은 진리 안 먹어도
낮이 선 장난감에 흥미 진진 배부르다
새싹들 살찌는 소리 도량 가득 넘치고

동자승 뜀박질에 일손 놓고 도망치는
곤충들 뒤뚱 걸음 웃음 꼴깍 쏟다가도
개미떼 잡힌 풀벌레 눈물 글썽 맺힌다

6 난초와 남매

눈을 씻고 살펴봐도 현미경 들여다봐도
그 풀이 거시기 같고 거시기가 그 풀인데
아버진 귀한 난초라 애지중지 하신다

화장하고 거울보고 새 옷 입고 폼 잡아도
이웃집 또래 닮은 순이와 순돌인데
어머닌 우리 남매를 꽃 중에 꽃 하신다

7 난초와 거짓말

난초는 꽃이 피면 혀 길게 내어민다
혓바닥 한 가운데 빨간 점 찍혀있다
아마도 새빨간 거짓말 한 바가지 했나봐

아버지 애지중지 우리보다 아끼시는
소심춘란 혓바닥엔 빨간 점 하나 없다
아마도 거짓말 안 해 저리 예삐 피나봐

8 얼레지 꽃 5

삼월 달력
넘겨보면
씩씩한 얼레지꽃

창칼 꽃잎
치켜들고
얼음방패 무찔렀다

법당 앞
화단 가득히
박수치는 풀꽃들

9 제비꽃 전설

어릴 적
눈웃음을
봄바람에 날리더니

유두절
꽃단장 입술
총각 가슴 찢고 깁네

칠석날
얼굴 빨개진
소녀 손에 꽃반지

10 딱따구리

목탁을 두드리면 딱따구리 울어댄다
딱따구르 딱따구리 시끄러워 잠 못 든다
서럽게 울음 굴리다 잠이 드는 산새들
큰 목탁 내려치면 아빠 새가 딱따구르
작은 목탁 두드리면 엄마 새가 똑또구르
알목탁 살짝 때리면 아기 새가 똑또르

딱따구리 가족들은 어디에 숨었을까
목탁의 구멍마다 새 꽁지도 보이잖네
화가 나 큰 목탁 치면 날 찾아봐 딱따르

혜륜스님

1955 윤고암 스님을 은사로 입산
1963 해인승가대 대교과 졸업(제4회)
1971 동국대학교 국어국문학과 졸업
1969 대한불교 신춘문예 수필 당선
1995 부산일보 신춘문예 시조 당선
시집 : 액자로 걸린 추억 외 10권 상재

승 려 시 집
승 려 시 인 회 1 1 집

지은이 | 오심스님 외
펴낸곳 | 월간 〈차의 세계〉

2024년 8월 2일 초판 인쇄
2024년 8월 29일 2쇄 발행

등록 · 1993년 10월 23일 제 01-a1594호
주소 · 서울시 종로구 율곡로 6길 11번지 미래빌딩 4층
전화 · 02) 747-8076~7
팩스 · 02) 747-8079
ISBN 978-89-88417-86-7   03810

값 15,000원